執事ですが
JN129996
幼馴染のパワハラ皇女と絶縁したら、
隣国の向日葵王女に
拾われたのでこの身を捧げます
深山鈴
illustration
くろでこ
キャラクター原案
あまね周
novel
スピラ

アルム
万能無敵執事
ブリジット
フラウハイム王国王女
愛称は向日葵姫

「アルムとどういう関係なの？
答えなさいよ！
このあたしが命令しているのよ！」
リシテア
ベルグラード
帝国皇女

「ふふ、これはおまじないだよ♪」

執事ですがなにか？
幼馴染のパワハラ皇女と絶縁したら、
隣国の向日葵王女に
拾われたのでこの身を捧げます
深山鈴
illustration
くろでこ
キャラクター原案
あまね周
novel
スピラ

Contents

プロローグ　幼馴染との決別

「だーかーらー！　あたしはケーキが食べたいんじゃないの、マカロンが食べたいのよ。なんでそんなこともわからないの？　バカなの？　バカなのね？」

怒りの形相で「バカ」と連呼するのは、リシテア・リングベルド・ベルグラード。ベルグラード帝国の皇女で、そして、俺の幼馴染だ。歳は二つ下で十六。十五を超えているため、これでも一応成人している。

光を束ねたかのような金色の髪は腰まで届いていて、キラキラと宝石のように輝いている。綺麗に整った顔は異性の目を惹きつけて止まないだろう。

胸部の膨らみはやや寂しいものの、スラリと伸びた手足は彼女の魅力の一つだ。

帝国の宝。

女神の化身。

希望の象徴。

……などなど。彼女が幼い頃はそう称賛されていた。

しかしそれは昔の話だ。今のリシテアはどうしようもないほどわがままで、性格破綻者ということを幼馴染の俺は知っている。

いや。俺だけではなくて、ほぼ全ての人が知っている。

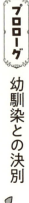

「で、なんでマカロンを用意しなかったわけ？　なんで？　ねえ、なんで？」

「それは、姫様がケーキを食べたいとおっしゃったからで……」

「言い訳するな！　皇女であるあたしに逆らうつもり？」

「……」

これだ。

明らかに彼女が間違えていても、それを指摘すると癇癪《かんしゃく》を起こしてしまう。そして皇女の権限を持ち出してくる。

俺……アルム・アステニアはリシテアの二つ上の幼馴染だ。今年で十八になる。

それと同時に、彼女に仕える執事でもある。

両親が城で働いていた関係で彼女と知り合い、よく一緒に遊んだ。

しかし、両親が流行り病で亡くなり天涯孤独に。途方に暮れていた時、「あたしの執事をやりなさいよ」とリシテアに拾われた。

リシテアは皇女なので、たくさんの使用人が仕えていた。ただ、あまりにわがままな性格についていくことができず、俺だけが残り……いつしか専属執事という立場に。

他の者はついていけないから任せた、と押し付けられたようなものだ。

とはいえ、仕事をくれた彼女に感謝をしているし、できるだけのことはしてあげたいと思う。

思うのだけど、できることとできないことがある。

いくら幼馴染だといっても、彼女は俺の雇い主であり、なんといってもこの国の皇女なので、身分の話を持ち出されたらなにも言えなくなってしまう。

「はっ。なにか言うこともできないの？」

言い訳をするなと言ったのは誰だ？　リシテアの頭は鶏なのだろうか？

そもそも、彼女はケーキを食べたいと言ったのだ。それで俺は一流の職人に最高のケーキを作ってもらったのだけど、いざ運んでみると、「マカロンの気分なのよね」……だ。

ふざけているにもほどがある。コロコロと変わるリシテアの気分なんて予測できない。

「……申しわけありません」

「あのねー、謝るだけなら誰でもできるのよ？　誰でも。そんなんじゃなくて、アルムにはもっと誠意を見せてほしいんだけど」

「と、申しますと？」

「今からマカロンを用意して。超特急ね。特別に三十分だけ待ってあげる」

「いえ、それは……」

無理だ。三十分でマカロンが作れるわけがない。

そもそも今は深夜だ。料理人は休んでいて、材料が揃うかどうかもわからない。オーブンの火も落ちている。

「ほら、速く速く。ちんたらしてないで、さっさと行動に移って」

「……申しわけありません。そのオーダーを叶えることは不可能です」

「はぁ？」

「時間が足りず、料理人もいません」

「アルムが作りなさいよ。得意でしょ、そういう雑用」

「確かに、私なら作ることはできますが……しかし、すでにオーブンの火は落とされているでしょう。余熱を入れるだけでも時間がかかりますし、マカロンを作るためだけに再び火を使うというのは、他の方々の迷惑になることも……」

「うるさいわねっ！！！」

ガシャンッ！！！

癇癪を起こしたリシテアが花瓶を投げつけてきた。破片が飛んできて頬が切れる。

でも、俺はじっと耐えていた。反応すれば、さらにリシテアが激怒することは間違いないから。

「ったく……あんた、本当に使えないわね。そんなんであたしの専属とか、笑えるんだけど」

「申しわけありません」

「さっきからそればかり。頭を下げていれば終わると思っていた？　なんでも解決できると思っていた？　違う、違うのよ？　それ、問題を先送りにしているだけで、なーんにも解決していないから。むしろ、あたしを怒らせているだけ。そのことに……いい加減に気づきなさいよっ！」

再び花瓶が飛んできた。

「あーもう……萎えた。めっちゃ萎えた。もういいわ、その辛気臭い顔を見せないで。さっさと消えて」

「あの、マカロンは……？」

「そんな気分じゃないわ。っていうか、こんな時間にマカロンを食べるわけないでしょ、バカなの？　バカなのね？」

だから、少し前の自分の発言をしっかりと覚えていてほしい。

「ほら、さっさと出ていって。今日はもう、アルムのような無能の顔は見たくないの。吐き気がしてくるわ」

「……失礼いたします」

俺は一礼してリシテアの部屋を後にした。


「はぁ……」

廊下をしばらく歩いてから大きな吐息をこぼす。

今日も罵詈雑言《ばりぞうごん》を浴びせられた。花瓶を投げられるのは、ほぼ毎日だ。

こんな日々はいつまで続くのだろう？

「昔は優しかったのに……」

小さい頃のリシテアは活発で男勝りなところはあったけど、でも、とても優しい女の子だった。

一緒に遊んで、おやつを交換して、並んで昼寝をして……そして、俺の両親が亡くなった時、一緒に泣いてくれた。

だから、彼女に一生仕えようと思った。拾われた恩を一生懸けて返していこうと思った。

……恋をした。

「でも……あの頃のリシテアはもういないんだよな」

◇

「あーもうっ、本当にイラつくわね、このバカっ！！！」

ガシャン！　と花瓶の割れる音が響いた。

そして、いつものように、当たり前になった罵詈雑言が飛んでくる。

「アルムってば、本当にバカなのね。どうして、こんな簡単なことがわからないの？　子供でもわかることでしょう？　ねえ、なんで？　なんでわからないの？　あたしにもわかるように、どうしてわからないのか説明してくれる。あ、できないか。だって無能でグズだからね」

「……」

反論はしない。ただ耐えるだけだ。

リシテアは癇癪を起こしているだけ。公務で溜まったストレスを俺にぶつけているだけ。

……それだけ。

耐えればいい。嵐が過ぎ去るのを待てばいい。

リシテアには恩がある。彼女に拾ってもらった。

だから俺は、どんなことがあろうと……

「ったく、本当に使えないヤツ……こんな使えないグズを押し付けられるなんて、マジ最悪」

……今、なんて？


「あの……」

「なによ？　言い訳？　無能の言い訳なんて聞く価値ゼロというかマイナスだけど、あたしは超優しい皇女様だから、特別に聞いてあげるわ。ほら、くだらない言い訳をしてみなさいよ」

「今の……押し付けられた、というのは？」

「ああ、それ？　アルム……あんたのことよ」

「それは、どういう……」

「アルムだって知っているでしょう？　あたしとあんたが幼馴染だからっていうくだらない理由で、あたしは、あんたを押し付けられたのよ。アルムみたいなグズを専属にするとかありえないのに、お父様とお母様がいいから、って言って……あーもう、ホントありえないわ。思い出しただけでもムカつく。アルムなんていらないのに」

押し付けられた。

つまり、リシテアは俺に救いの手を差し伸べたわけじゃない。仕方なく俺を専属にした。

そうだ。実際に、彼女の専属になったのは流れのようなものだ。他の者がついていけなくなったから。それだけ。深い意味はない。

「アルムなんていらない」


その言葉が矢のように心に深く突き刺さる。

気持ち悪い。

気持ち悪い。

気持ち悪い。

リシテアは俺の使えなさに吐き気がするとよく口にするが、今は、俺が吐いてしまいそうだ。

目眩すらしてきて、立っているのがやっとだ。

俺は……今までずっと勘違いをしていたのか。

リシテアに助けてもらったと思っていたけど、それは勘違い。昔の思い出を美化していただけ。

本当は仕方なくで……そして、欠片も必要とされていなかった。むしろ忌避されていた。

「……ははっ」

感情がマイナスに突き抜けて、むしろ笑えてきた。なんていうか、もう……バカすぎる。

自分がとことん頭悪くて、その情けなさに笑ってしまう。

「ちょっと、なに笑ってるの？　っていうか、さっさと土下座して、土下座。それくらいしてくれないと、あたし、まったく笑えないんだけど」

「断ります」

「は？」

「それよりも、大事な話があります」

「大事な話ぃ？　グズの話に大事もなにもないでしょ。聞く価値ゼロよ、ゼロ。いいからさっさと……」

「今、この場限りであなたの執事を辞めさせていただきます」

「は？」

ぽかんと、リシテアが今まで見たことのない面白い顔になった。

ややあって、腹を抱えて爆笑する。

「あはっ、あはははは！　やばい、マジでウケる。ダメ、めっちゃお腹痛い、あはははははっ！」

「そんなに笑えることですか？」

「当たり前でしょ。あんたみたいなグズがここを辞めてどうするのよ？　ここでちゃんと仕事もできないようじゃあ、他で雇ってもらえるところなんてないわよ？　野垂れ死ぬのがオチね」

「それでも、辞めさせていただきます」

「マジ？」

「マジです」

「ふーん……ま、いいわ。アルムの顔を見るのも嫌気が差していたからね。ちょうどいいかも。荷物をまとめて、さっさと出ていってくれる？」

「その前に仕事の引き継ぎや手続きなどを……」

「そんなものいらないから。皇女の権限で省略してあげる」

「そうですか……では、今日から私は……いえ。俺は、あなたとは一切関わることはない、ということでよろしいですね？」

「はいはい、いいわ。よろしいわよ。ってか、めっちゃスッキリするんだけど。久しぶりに今日は快眠できそう。ふふ、最後の最後でいい仕事をしたわね。そこだけは褒めてあげる、グ・ズ♪」

本当、なにも変わらないな、この皇女様は。

怒りよりも呆れの方が強い。

「今までお世話になりました。では、さようなら」

……こうして、俺は幼馴染の皇女と絶縁した。

1章 向日葵王女

一週間後。

俺は、帝国を後にした。

リシテアが次期皇帝になることを期待されている国だ。そんなふざけた国に留まればどうなるか？　悲惨な未来しか待ち受けていないので、帝国を出ることにしたのだ。

国境を越えて、隣国のフラウハイム王国に足を踏み入れる。

「さてと……これからどうしよう？」

勢いでリシテアと絶縁したが、そのことに後悔はまったくない。しかし、先のことをなにも考えていなかったのは事実。後の準備をしてから絶縁すればよかったかもしれない。

「まあ、なんとかなるか」

俺の尊厳を奪うリシテアはいない。それと、リシテアの専属だからと、関係ない仕事まで振ってきた同僚もいない。

専属の仕事とは別に、毎日深夜まで働いていた。

睡眠？　なにそれ？

休日？　なにそれ？

そんな状態がずっと続いていた。

だから、今は全てのしがらみから解放されて、とてもスッキリしている。

俺は自由だ。

だから、なんとかなる。

そんなポジティブ思考でいることができた。

「うん？」

街道を歩いていると、先の方から悲鳴が聞こえてきた。

なんだろう？

気になり、悲鳴がした方に駆け出す。

「男は殺せ！　女は捕まえろ！」

「馬もいらねえ、殺してしまえ！」

「ははは、俺達『漆黒の牙』に見つかったことを不運と嘆くんだな」

武装した男達が馬車を囲んでいて、

「くっ……これだけの数の差があると、さすがに厳しいか！」

「諦めるな！　我々が諦めたら……命に代えても守らなければいけない！」

二人の騎士が剣と盾を構えて応戦していた。

貴族などの立場の高い者が乗る馬車が盗賊に狙われている、といったところか。

「貴族か……リシテアみたいなやつかもしれないけど、無視して死なれても寝覚めが悪いな。いくか」

白手袋をつけて、ペンを手に駆け出した。

盗賊の一人がこちらに気づいて、剣を向けてくる。

「なんだ、てめえ？　おい、止まれ！　殺され……」

「死ぬのはお前だ」

「かひゅ⁉」

盗賊の懐に潜り込み、ペンで喉を突いた。

盗賊は喉をかきむしりながら倒れて、ピクピクと痙攣する。

「てめえ⁉」

「よくも仲間をやってくれたな！」

二人の盗賊が同時に斬りかかってきた。

直線的でフェイントもなにもない、素人そのものの動きだ。

「遅い」

「がっ⁉」

「ぐぅ⁉」

とんとんと二人の体をペンで軽く押すことで動きを誘導して、同士討ちをさせた。

「な、なんだあいつは……おいっ、矢を放て！」

「このっ……死ね！」

崖の上にいた盗賊の仲間が合図を受けて矢を放つ。

「だから、遅い」

「なぁ⁉　そんなことありえ……がふっ⁉」

放たれた矢を摑んで止めて、逆に投げ返した。

さらに一人、減る。

「こいつもくれてやる」

足元にある小石を三つ拾い、投擲《とうてき》。スリングを使ったかのように高速で飛んでいった小石は、正確無比に三人の盗賊の頭を次々と撃ち抜いた。

「な、なんだよ、あいつ……人間業じゃねえ」

「デタラメに強いぞ。死神なのか……？」

「ふざけるな、そんな存在がいてたまるものか！　俺がぶっ殺してやる！！」

頭と思しき盗賊が現れた。

縦横に二メートルを超える巨体だ。体重は数百キロだろう。

「死ねぇえええええっ‼」

盗賊の頭はシンプルに突撃をする。

自分の体型を活かした、もっとも効率的で効果的な攻撃ではあるが、

「相手が悪かったな」

「なぁっ⁉　か、片手で止めただと⁉」

技術の欠片もない突撃なんて、止めることは簡単だ。

相手の力を逃がして、勢いを削いでやればいい。

やや重いと感じる程度で、押しつぶされることなんてない。

「ま、待て⁉　俺は……」

「さようなら」

軽く跳躍して、ペンを盗賊の耳に突き刺した。

ビクンと一度震えた後、巨体が地面に沈む。

「「「……」」」

残りの盗賊達は動きを止めて、

「「「ひぃいいいいいい、た、助けてくれぇえええええ‼」」」

蜘蛛の子を散らすように逃げ出した。

追撃してもいいのだけど……やめておこう。それよりも、襲われていた人達の方が気になる。

使い捨ての紙でペンを拭いて、乱れた衣服を整えて馬車に向かう。

「大丈夫ですか？」

「「……」」

おかしいな、反応がない。

二人の騎士は呆然とした様子だ。

「あの、大丈夫ですか？」

「あっ……ああ。だ、大丈夫だ」

「す、すまない。あまりに突然のことで驚いてしまった。助けてくれてありがとう」

よかった、怪我はしていないみたいだ。

馬も無事で、今は落ち着いている。

「それにしても君は強いな。さぞや名のある冒険者とお見受けした」

「いいえ。自分は、元執事です」

「「執事⁉」」

いやいやいや、となぜか二人が驚いていた。

「執事が数十人の盗賊を制圧するとか、ありえないだろう……」

「しかも、連中は悪名高い『漆黒の牙』。ベテラン冒険者でも苦戦するはずなのに……」

「執事なので、ゴミ掃除が得意なんですよ」

「「ゴミ掃除とか、そういうレベルじゃないからな⁉」」

いや、盗賊はゴミだろう？

「な、なあ……あんたは本当に執事なのか？」

「本当は歴戦の冒険者じゃないのか？」

「そんなわけないでしょう？　自分は、どこからどう見ても執事じゃないですか」

「「こんな執事がいてたまるかぁあああああっ！！！」」

全力で叫ばれてしまうのだけど……いや、本当になぜだ？

不思議に思っていると、馬車の扉が開いた。

「……」

今度は俺が声を失ってしまうほど驚いた。

降りてきた女性は、それこそ女神が降臨したのかと勘違いするほど綺麗なのだ。

「はじめまして、ブリジット・スタイン・フラウハイムだよ♪」

「スタイン……？　ということは、もしかして……」

この国の王女様なのか⁉

さすがに驚きを隠すことができない。

プラチナブロンドの髪は絹糸のようにサラサラで、腰まで届くほどに長い。風が吹くとふわりとたなびいた。

ダンスなどで鍛えられているのか、しなやかな体と豊かな胸元。

ただ、そこにいやらしさはない。芸術品のように、ただただ美しかった。

花をモチーフにしたと思われる、見るからに上質なドレスを着ているが、しかしたとえ安物のドレスだとしても彼女の神々しさは変わらない。それほどまでに彼女の美しさは完成されている。

ただ、なによりも魅力的なのは彼女の笑顔だ。

それはまるで太陽。周囲を明るく照らして希望を与えてくれる、なくてはならないものだ。

そんな彼女は、『向日葵《ひまわり》王女』と呼ばれていると聞いたことがある。

なるほど、納得の呼び名だ。

俺と同い年と聞いているが、とてもそうとは思えない貫禄があった。王族故か。

「危ないところを助けてくれて、本当にありがとう！」

「いえ、当然のことをしたまでです」

慌てて膝をついて頭を下げた。

すると、困ったような声が降ってくる。

「顔を上げて？　恩人に頭を下げさせるなんて、王族とか関係なく、人として失格だよ」

「しかし……」

「いいのいいの。見ての通り、私は王女だけど、ものすごく王女らしくないからね。らしくないでしょ？　あっはっは」

どう反応していいか非常に困る。

ただ、彼女がかしこまられることを望んでいないのは理解した。

なら、その望みに従うだけだ。

「わかりました。王女がそう望むのなら」

「ありがとね♪　でも、その敬語も止めてほしいかな？」

「それはさすがに……」

「んー……ま、仕方ないか。オッケー、口調はそのままでいいよ」

「ありがとうございます。ところで、どうしてこのようなことに？」

「実は……」

話を聞くと、ブリジット王女は帝国に外交のために赴き、その帰り道に盗賊に襲われたらしい。

極秘の会談だったらしく、護衛は必要最低限。危ういところだったけれど、そこに俺が通りかかり……という流れのようだ。

「極秘の会談の帰り道に襲われる……作為的なものを感じますね」

「君も？」

「もしかしたら、帝国の者がブリジット王女を亡き者にするために……」

「いやー、それはさすがにないと思うよ？　私の価値がどうというよりも、そんな短絡的なことはしないよ」

「それもそうですね。つまらない発言をしてしまい、失礼いたしました」

「気にしないで。それよりも……」

「失礼、申し遅れました。アルム・アステニアと申します。以前は執事をしていましたが、今は無職です」

執事とかありえないだろう、というような護衛騎士二人の訝しげな視線を感じる。

失礼な。

俺は、どこからどう見ても執事だろう。

「元っていうことは？」

「クビとなり、あてのない旅をしています」

「なるほど、なるほど。んー……」

考えるような間を挟んでから、ブリジット王女は笑顔で言う。

「よかったら、ウチに来ない？」

～Another Side～

「ねえねえ、あいつはどうなった？」

場所は帝国。

皇女の部屋。

好物のケーキを食べて口の周りをクリームで汚したリシテアがメイドに尋ねた。

アルムがいなくなり、新しくリシテアの身の回りの世話をすることになった者だ。

「あいつ、というのは……？」

「んー、なんだっけ？　名前忘れたけど、ほら、あいつ。隣国の王女」

「ああ、ブリジット様のことですか。ブリジット様でしたら会談を終えて帰国いたしましたが」

「違う違う。二度、同じ質問をさせないで」

「えっと……ど、どういうことでしょうか？」

「あたしが聞きたいのは、あの小生意気な王女、ちゃんと始末できたかな？　っていうこと」

「……はい？」

この皇女はなにを言っているのだろうか？

話を理解できないメイドは目を丸くした。

「あいつ、あたしに対等な感じで口をきいていたじゃん？　ありえないでしょ。あたしは帝国の皇女。あんなちっぽけな国とは違うの。対等なわけがないの」

「は、はい……」

「むかついたから、帰りに盗賊に襲われるように手配したんだけど、どうなったか知らない？」

「そ、そのようなことをしていたのですか⁉」

メイドは悲鳴のような声を……いや、実際に悲鳴をあげた。

外交に来た隣国の王女を襲わせるなんて、絶対にありえない話だ。

相手が小国だろうが関係ない。下手をしたら帝国は『くだらないことで相手に噛みつく野犬』というレッテルを貼られてしまう。

それがどれだけの損失を生むか、この皇女はまるで理解していない。

「ど、どうしてこのようなことに……」

今までは、皇女の無茶な命令は全てアルムが打ち消していた。どれだけ癇癪を起こされて、どれだけ罵倒されたとしても、アルムのところで命令がストップしていた。

しかし、そのアルムはもういない。故に、皇女の無茶振りが通ってしまう。

どれだけアホな命令だとしても、それを止める者がいないのだ。

それに気づく者はいない。

メイドも気づいていない。

なぜなら、彼女もまた、アルムを下に見ていたのだから。自分の仕事を彼に振り楽をして……

その上で、仕事が遅いとなじっていたのだから。

彼女だけじゃない。この城で働く者は、皆、似たようなことをしていた。ほとんどの仕事をアルムに押し付けていた。

そのアルムがいなくなって。

さらに、皇女を制御する者がいなくなって。

……静かにゆっくりと、しかし確実に帝国は崩壊の道を歩んでいくことになる。

◇

「ささ、どうぞどうぞー！　いらっしゃいませー！」

ブリジット王女と一緒に王都に移動して。それから城の客間に案内された。

簡単によそ者を城に招き入れていいのだろうか？

そもそも、王女に案内をさせていいのだろうか？

色々と疑問が湧いてくるのだけど、ブリジット王女の勢いに疑問も流されてしまう。

「えっと……」

「紅茶でいい？　っていっても、今は他にないんだけどね」

「大丈夫です……というか、お茶なら俺……自分が淹れますよ」

「平気平気。アルム君はお客様で恩人なんだから、ここは私にさせて？」

　確かにその通りだけど、それでも執事やメイドにやらせるのが普通だと思うのだけど……この部屋にはブリジット王女と俺しかいない。

　普段からとことん気さくな王女みたいだ。

「はい、どうぞ」

「ありがとうございます」

「クッキーもあるよ。食べるよね？」

「いえ、結構です」

「えっ、本当に？　クッキーだよ？　甘いんだよ？　美味しいんだよ？」

　そこまで驚かなくても。

「じゃあ……改めて、ありがとうございました。アルム君がいなかったら、私、今頃酷いことになっていたと思う」

　ソファーセットに向かい合わせで座るとブリジット王女が改めてお礼を言ってきた。

「気にしないでください。自分は、人として当然のことをしたまでです」

「んー……そこ、気になるんだけど。アルム君って、人としてとっても立派だと思うけど、どうして失業したのか聞いてもいい？」

「……」

　つい先日の……リシテアとのやりとりを思い返した。

「アルム君……泣いているの？」

「え？」

言われて、頬を伝う涙の感触に気がついた。

「あれ？　おかしいな……悲しくなんてないのに、どうして涙が？」

本当は嫌われていたとしても。

でも俺は、リシテアのことが好きだった。

皇女ではなくて、一人の女の子として見ていた。

だから俺は……俺は……

「大丈夫」

突然、温かくていい匂いがするものに包まれた。

物思いから意識を浮上させると、ブリジット王女に抱きしめられていた。

王女はいつの間にか立ち上がって隣に座っていた。

ふわりと、甘く……そして優しい匂いがした。

「……ブリジット王女……」

「辛い時は泣いていいんだよ？　我慢しなくていいんだよ？　だから……ね。私の胸を貸してあげる。ここなら誰も見ていないから」

「……ブリジット王女が見ているじゃないですか」

「それは我慢して。ほら、いい子いい子」

「子供じゃないんですから……ただ」

今は少しだけ泣かせてほしい。

◇

「……失礼しました」

スッキリしたが、しかし、ものすごく恥ずかしい。

たぶん、俺の顔は赤くなっているだろう。

「ふふ♪　男の人が泣くところ、初めて見ちゃった」

「やめてください……」

「ごめんね。でも、落ち着いたみたいでよかった。やっぱり、元気と笑顔が一番だよね！」

そう言うブリジット王女の笑顔は、まさに向日葵だ。

彼女と一緒にいるだけで人々は笑顔になるだろう。

「ところで……なにがあったのか、改めて聞いてもいいかな？」

「ええ、大丈夫ですよ」

リシテアの専属として働いていたこと。様々な仕事をこなしていたが、本当は必要とされていなかったこと。クビになり、帝国を後にしたこと。

簡単にこれまでの経緯を説明した。

「むー……」

「どうしたんですか、不機嫌そうな顔をして」

「めっちゃ腹立つ！　なにそれ⁉　ありえないんだけど、ありえないんだけど！　大事なことだから二回言った！」

「別に、ブリジット王女が怒らなくても……」

「腹が立つに決まってるじゃん、恩人のアルム君のことなんだから！」

「……ありがとうございます」

誰かのために真剣に怒ることができる。

ブリジット王女はとても優しいのだろう。

「あの皇女、にこにこ笑顔だったけど、猫を被っていたわけね……今度、しばく！」

リシテアの猫かぶりは完璧だからな。

初見の人が彼女の本性を見抜くことは難しい。

「まあいいや。それよりもアルム君のことだけど、行くところがないんだよね？」

「そうですね。せっかくなので、この王国で雇ってもらえるところがないか探すつもりです」

「雇うところ、あるよ？」

「本当ですか⁉」

「イッツ、ミー」

ブリジット王女はドヤ顔で自分の胸をとんとんと叩いてみせた。

2章 新しい職場

「よし」

朝。

陽が昇ると同時に目が覚めた。

ここは、王城内にある使用人の寮。その一室。

ここが俺の部屋で、そして、新しい職場でもある。

今日から俺は、ブリジット王女の専属の執事だ。

本来なら、執事として雇ってもらえるのはともかく、いきなり専属になることはないのだけど、ブリジット王女の一声で決まってしまった。

リシテアの専属を務めていたのなら、うちでもできるはず。

なによりもアルム君が気に入ったから……という理由で。

無茶苦茶ではあるものの、それだけの信頼を得たということでもある。

なればこそ、ブリジット王女のためにがんばろうと思う。

「さて、仕事をするか！」

◇

「アルム君、ちょっと私の仕事を手伝ってくれないかな？」

最初の仕事はブリジット王女のサポートだった。

聞くところによると、日々、彼女は公務を行っているらしいが……今まで専門の秘書がいなかったらしく、仕事が捗《はかど》らないでいたという。

ましてや、今は国王が外遊のため長期不在中。その間、ブリジット王女が国王の分まで仕事をこなすというのだ。

王国はいくらか人材不足のようだ。

「わかりました。なにをすればいいでしょう？」

「この書類のチェックをお願い。誤字とか脱字とか、そういうところをメインに」

「了解です」

書類の束を受け取る。

使っていない机を借りて、さっそく書類の精査を開始する。

……一時間後。

「終わりました」

「えっ、もう？　数百枚はあったと思うんだけど、速いね」

「速読術を習得していますから」

「さすがアルム君だね」

にっこりと笑うブリジット王女に書類を渡す。

彼女は、さっそく書類に目を通して……みるみるうちにその顔色が変わる。

「……え？　誤字脱字のチェックだけじゃなくて、論法や計算ミスの指摘も……？　ううん、それだけじゃない。河川整備計画の不備や、他の計画で収支が合わないところまで指摘されていて……えぇ、嘘？　これを一時間でやったの？」

「申しわけありません」

「えっ、なんでアルム君が謝るの？」

「やはり、その程度の仕事に一時間もかけてしまうなんてダメですよね……」

「いやいやいや、この程度なんかじゃないよ!?　とんでもなくすさまじい量で、しかも、予想の遥か上を行く優秀な仕事をしてくれているよ!?」

「調子がよければ三十分もあれば終わるのですが、まだ慣れない職場なので……」

「さらに半分で終わるの!?」

なぜ驚いているのだろう？

帝国にいた時は、『なんでこれくらいの仕事、十分で終わらせられないわけ？　はー……無能すぎてびっくりするんだけど。無能・オブ・無能ね。明日は五分で終わらせなさい』って怒られていたんだけどな。

「それ、皇女様の方がおかしいからね……？」

昔の話をすると、ブリジット王女はものすごく複雑な顔をした。

その後も、ブリジット王女のサポートをして……そして、三時間が経過した。

「次の仕事をください」

「……ないよ」

「え？　どういう意味ですか？」

「そのままの意味だから！　もう仕事なんてないよ⁉」

「ふむ……今日はたまたま仕事が少なくて、三時間で終わってしまった、ということでしょうか？」

「違うから！　本来ならもっともっと時間がかかるはずで、っていうか、今、アルム君が片付けた仕事は一週間分のものだからね⁉」

「はは、ご冗談を」

この程度の量の仕事が一週間分だなんて、そんなことがあるわけがない。

ブリジット王女は冗談がうまいな。

「冗談なんかじゃないからね？　アルム君はたった三時間で一週間分の仕事を終わらせたんだよ」

「……え、本当ですか？」

「マジ」

「なるほど……ブリジット王女は優しいですね」

きっと、俺のことを気遣ってくれているのだろう。自信を持たせるために、わざとそんな嘘をついているのだ。

本当に優しい人だ。俺は、この人のためにがんばりたい。

「よし！　もっともっと精進しないといけないな」

「これ以上レベルアップして、アルム君はどこを目指すつもりなのかなあ……？」

なぜか、ブリジット王女は呆れた顔をするのだった。

◇

「時間ができたから、一緒に街の様子を見に行こうか」

と言われ、ブリジット王女と一緒に街へ出た。

王族による街の視察。そのサポート……非常に重要な任務だ。

街にどんな危険が潜んでいるかわからない。馬車の暴走に巻き込まれる事故に遭うかもしれないし、人混みではぐれてそのまま行方不明に……なんてこともあるかもしれない。

反体制派が情報を嗅ぎつけて、ブリジット王女に危害を加えようとするかもしれない。

可能性を考えるとキリがない。

しかし、それは現実に起こりえることなのだ。

現に帝国にいた頃は、リシテアが街に出ると必ず事件が起きていた。

リシテアは貴族からの人気は高いものの、裏表が激しいため敵が多かったのだ。

今回の視察はお忍び。

故に、護衛は俺一人。俺の力量にブリジット王女の命がかかっていると言っても過言ではない。

全力で、粉骨砕身《ふんこつさいしん》の覚悟で任務に挑もう。

そう身構えていたのだけど……

「やっほー、おばちゃん。調子はどう？」

「あら、王女様。こんにちは。とてもいい感じですよ」

「ほうほう、確かにたくさんお客さんが来ているみたいだね。ま、当然か。おばちゃんの作るクレープは美味しいからねー！」

「せっかくなので食べていかれますか？　もちろん、お代はいりませんよ」

「えー、それは悪いよ。ちゃんとお金は払うからね？　でも、どうしてもっていうなら、ちょっとサービスして♪　クリームたっぷりでお願い♪」

「はいよ、いつもの通りクリームたっぷりだね」

「わーい♪」

……おかしいな。

ブリジット王女は、ものすごく親しげに民と話していた。

それは、クレープの露店を開く女性だけじゃない。

「あっ、王女様だー！」

「ねえねえ、王女様。一緒にあそぼー？」

「うーん、ごめんね。今はお仕事中なんだ。今度いっぱい遊ぼう！」

子供達と笑顔で言葉を交わして、

「王女様、この前はありがとうございました」

「あ、おばあちゃん！　腰は大丈夫だった？　もう痛くない？」

「はい、おかげさまで……しかし、王女様に背負ってもらうなど」

「いいの、いいの。困った時はお互い様だよ」

老婆に感謝されて。

「王女様、これ、ウチの畑で取れた野菜です。よかったらどうぞ」

「城の庭、そろそろ手を入れた方がいいんじゃないですかね？　庭師さんが忙しいなら、俺が手伝いますよ」

「国が進めている治水工事ですけど、今度、俺達も手伝いにいきますね。あ、金はいらないですよ。一緒に働けるのなら、それだけで光栄です」

たくさんの人に慕われていた。

誰も彼も笑顔を浮かべている。

心の底からブリジット王女を慕っていることがわかる。

おかしいな……

リシテアが視察に出た時は、反体制派による襲撃に備えて、市民はいつも冷めた視線で遠巻きにするだけだったのに……うーん？

「どうしたの、アルム君？」

困惑する俺に気づいたらしく、ブリジット王女がこちらの顔を覗き込んできた。

「いえ、その……ブリジット王女は民に慕われているんですね」

「そうかな？　仲は良いと思うけど、慕われているかどうか、うーん」

「慕われていますよ。リシテア……帝国の皇女とは大違いです」

「ちなみに、皇女様はどんな感じ？」

「街に視察に行くと、ほぼ毎回、暗殺されかけていましたね」

「そ、それはそれですごいね……」

「だから、それが普通だと思っていました」

「そうなんだ……じゃあ私は、アルム君に新しい世界を見せることができたのかな？　だとしたら嬉しいな♪」

ブリジット王女はにっこりと笑う。

その笑顔は直視できないほどに眩しい。

この人はこんなにも輝いている。だから、たくさんの人に慕われているのだろう。

「ところで、そちらの方は？」

露店を営む女性が不思議そうにこちらを見た。

「じゃじゃーん、この人はアルム君！　なんでもできる、私専属の万能無敵執事だよ！」

「へえ、ついに王女様にも専属が……ふむふむ」

「えっと……」

「うん！　いい顔してますね。がんばってくださいね、応援していますよ」

「あ、ありがとうございます……」

こんな明るい笑顔を人から向けられるなんて、いつ以来だろう？

もう覚えていない……帝国にいた頃はいつも睨まれてばかりだった。

それが今は、ブリジット王女の隣にいるというだけで、次々と温かな声をかけられて、次々と笑顔を向けられている。

この人達は、顔を合わせたばかりの俺のことを信頼してくれている。

俺がブリジット王女の専属ということも、もちろん関係しているだろう。

でも、それだけじゃない。

この人達が俺に笑顔を向けているのは、彼らの心が優しいから。常にブリジット王女という太陽が輝いていて、心に花が咲いているからだ。

「……まだまだ未熟者ではありますが、精一杯、己の職務を果たしたいと思います。これからよろしくお願いいたします」

そう言って、深く頭を下げた。

ブリジット王女のためだけじゃなくて……この優しい人達のためにもがんばろうと、そう思うことができた。

◇

フラウハイム王国の王都の近くには大きな川が流れている。

たくさんの魚が住んでいて、そして、その魚を目当てに鳥が集まり、フラウハイム王国に大きな恩恵をもたらしている。

しかし、時に自然は牙を剝く。

雨季に降る雨の量は多く、川はその全てを受け止めることができない。年に数回の頻度で氾濫を起こしていた。

それを改善するために、現在、治水工事が行われているのだけど……

「これ、まずいですね」

「アルム君なら私達が気づいていないことに気づくことができるかも」という理由で、ブリジット王女に工事の計画書のチェックを求められた。

ブリジット王女に気づけないことを、俺が気づくことができるわけないのだけれど……

一応、確認をしてみたら、とんでもない事実に気がついた。

「まずいって、どういうこと？」

「堤防を作る計画ですが、この計算だと盛土が足りません。それと、基礎になる石も足りていませんから強度不足です。下手をしたら、雨季になる前に崩落します」

「え……それ、本当に⁉」

「帝国にいた頃、皇女の命令で治水工事に関わったことがあるので、わかります」

「アルム君って、なんでもできるんだね……って、今は感心している場合じゃない！　まずい‼」

「どうしてそんなに慌てているんですか？　設計に不備があるのなら、工事を一時中止して、再計算をすれば問題ありません。無理に工事を進めなければ、まだ崩落が起きることは……」

「もうすぐ雨季だから、みんな、張り切って仕事をしているはずなのよ！　今、予定よりも大きく工程が進んでいて……」

「っ⁉　それじゃあ……」

「アルム君の言う通りなら、いつ崩落してもおかしくないよ」

「急ぎましょう！」


俺と王女は馬を走らせて工事現場に駆けつけた。

たくさんの人が河川に集まり、盛土や基礎に必要な石を運んでいる。

「よかった、まだ崩落していないみたいですね」

「うん。今のうちに工事の計画変更を伝えて……」

その時だった。

ゴゴゴッ、という不吉な音が響く。

地震が起きたかのように地面が揺れて、そして……

ゴガァッ！！

無理に積まれた盛土と石のバランスが崩れて、工事途中の堤防が崩落してしまう。

「うぁあああああ⁉」

「な、なんでいきなり……あああ⁉」

たくさんの作業員が崩落に巻き込まれてしまう。

「みんな‼」

「待ってください！」

ブリジット王女が駆け出そうとしたので、俺は慌てて制止した。

「まだ崩落が続くかもしれません」

「でも、みんなが‼」

「それは私に任せてください」

この人に悲しい顔は似合わない。

俺が笑顔に変えないといけないんだ。

「でも、アルム君だって危険じゃあ……」

「なら命じてください。みんなを助けて、それでいて、無事に戻ってくるように……と」

「それは……」

「私はブリジット王女の専属です。あなたの願いを叶えることが私の仕事です。だから……命じてください」

ややあって、ブリジット王女は小さく頷いた。

そして、まっすぐに俺を見つめる。

「王女として命令します。みんなを助けて、そして、自分自身も助けなさい！」

「ご命令、仰せつかりました」

大丈夫。

そう言うように頷いてみせて、俺は崩落現場に向かって駆け出した。

すでに複数の作業員が土砂に飲み込まれている。

一人ずつ救出していたら間に合わない。

だから、まとめて助ける！

「土よ、我が意に従いその力を示せ。アースクリエイト！」

右手で土属性魔法を使い、土砂と石を押し返して……

「風よ、我が意に従いその力を示せ。ウインドクリエイト！」

左手で風属性魔法を使い、崩落に巻き込まれた人達を引き上げた。

「「「……」」」

なぜか周囲の人達が目を丸くして驚いていた。

離れたところで様子を見ていたブリジット王女も驚いていた。

「あれは魔法？　……しかも、二つの属性を使っている？　二属性持ちなんてとても希少で……いやいや、それよりも同時詠唱とか超高等技術なのに……ええ、ええ？」

「ブリジット王女、ここに治癒師はいませんか？」

俺は救い出した人達の中から、大きな怪我をした一人を抱きかかえて、驚いている王女達のところへ戻った。

「えっ……あ、うん！　大丈夫、いるはず！　作業中は怪我が多いから、数人は待機しているはず。だよね？」

「は、はい！」

ブリジット王女に声をかけられた作業員が慌てて治癒師を呼びに行った。

その間に、俺は魔法を使い、他の負傷者達を安全な場所に移動させる。

「治癒師を呼んできたぜ！」

怪我人を全員避難させた頃、作業員が治療師を連れて戻ってきた。

「怪我人は全員救助しました。ただ、どれくらいの傷なのか、自分ではうまく判断できないかもしれません。後は任せてもいいですか？」

俺は腕の立ちそうな年配の治癒師に尋ねた。

「はい、わかりました。必ず助けてみせましょう、あなたの行いを無駄にしないためにも」

「……はい、お願いします」

「ありがとう、アルム君。みんなを助けてくれて」

救助の邪魔にならないよう、隅の方にいた王女のもとへ戻ると礼を言われた。

「いえ、まだまだです。光属性の魔法は苦手なので、治療ができず……」

「なに言っているの、みんなを土砂の中から救い出しただけでも十分だよ。というか、魔法が使えるなんてすごいね！」

「執事の嗜《たしな》みです」

「いやいやいや、そんな嗜み聞いたことないからね？　でも、本当にすごいと思うよ。魔法を使える時点で驚いたし、二属性の魔法を使っているのを見た時は、ほんと、驚きすぎて心臓が止まるかと思ったわ。普通の人は一つの属性だけだからね」

「いえ。私は、四属性の魔法を使えますよ」

「は？」

再びブリジット王女の目が丸くなる。

「執事たるもの、魔法を使えるだけで満足してはいけない。最低でも四属性は使えないと話にならないですからね。その上で、同時詠唱も必須です」

「えっと……あれれ、おかしいな。私の常識とアルム君の常識に大きな違いがあるような気がするよ。普通は、ただの執事はあれほど高いレベルの魔法を使えないからね？」

王女はそう言って目を白黒させている。

「しかし、必須と言われていたので……」

脳裏に以前の主の姿が思い浮かぶ。

「四属性を使える人なんて、世界で見ても数えるほどしかいないよ？」

「『それくらいできて当たり前、どうしてできないわけ？　今すぐできるようになりなさい』と怒られてきたので、できるように努力しました」

「あー……うん。そっか、なるほど。あっはっは、無茶苦茶すぎる！」

なぜかブリジット王女は笑う。

理由はわからないがとても楽しそうだ。

「アルム君って、本当に規格外だね」

「そのようなことは……」

「でも、だからこそ面白い♪」

～Another Side～

「あーもうっ！！！　どういうことなのよ、これ!?」

皇女リシテアは怒りに任せてペンを折る。

執務机の上には書類の山。どちらかというと小柄なリシテアが埋もれてしまうくらいの書類が積み重ねられていた。

その書類は今日はなにをした、こんな問題があるといった各所からの報告。その他にも改善してほしいという案件や、予算の増額を申し出る陳情書……などなど。

帝国は巨大な国だ。

必然的に一日に届く書類も山のよう。

皇帝だけでなく皇妃や皇女達も、それぞれが執務を担当していた。

ただ、今まではこんなことにはならなかった。

もちろん処理しなければならない書類はあった。

しかし、リシテアの元に届くのは、この百分の一ほど。十分もあれば執務を終えることができていた。

けれど、今はどれだけ書類を片付けても終わらない。数時間かけてようやく半分を片付けたと思ったら、さらに倍の量が追加される。

終わりのない書類地獄だ。

「ちょっと、ドクト！！！」

「お呼びでしょうか？」

リシテアは怒りの形相で新しく専属になった執事を呼び出した。

「この書類、どういうこと⁉」

「どういうこと、と問われましても……」

見ての通り、と答えるしかない。

他に解はない。

「こんな量の仕事、今まであたしのところにきたこと、一度もないんですけど⁉　なんでいきなり、こんなに増えているのよ⁉」

「それは、その……申しわけありません。私達も不思議に思っていて調査中なのですが……」

リシテアも執事も知らない。気づいていない。

今まで書類の数が極限まで抑えられていたのは、アルムがいたからだ。

アルムは、各所からの書類が届いた後、リシテアに渡す前にチェックをしていた。目を通すだけではなくて、自分の判断で処理していた。

執事の仕事の範囲を超えているけれど、そのまま大量の書類を渡すと、リシテアは必ずと言っていいほど癇癪を起こす。アルムだけではなくて、他者にもヒステリーを起こす。

酷い時は仕事を放り投げる。

それはまずいと、アルムは、独断で大半の書類を処理するようになった。

おかげで書類は十分の一以下に。リシテアも、これくらいなら仕事をしてあげる、と上機嫌になっていた。

故に、アルムがいなくなれば仕事が増えるのは当たり前のことだった。

彼のおかげで楽ができていたことを、リシテアはもちろん、周囲の者も気づいていない。

付け足すのならば、アルムは執事としての仕事だけではなくて、清掃や調理といった他の仕事も手伝っていた。

アルムの仕事は完璧で、素早く、各所の仕事は大きく捗り、問題は減る。必然的にリシテアに報告する問題も減り、書類も減っていた。

……アルムがいたからこそ正常に機能していたのだ。

「あーもうっ……ドクト！　あんた、この書類を整理して、要点をまとめなさい！　三十分ね！」

「えぇ!?　そ、そのような無茶を言われても……」

「なによ、それくらいできるでしょ？」

リシテアは不思議そうな顔で言う。

同じ作業をアルムは問題なくこなしていた。

あのグズのアルムにできていたのだ。なら、他の者にできない道理はない。

……本気でそう思い込んでいた。

しかし、実際は彼以外には不可能だ。同じ作業をするとなると、どれだけ優れた執事でも、最低でも三日はかかるだろう。

「こ、これだけの量の仕事を三十分なんて、あまりにも無茶な話です……」

「そんなわけないでしょう？　あのグズでさえできていたのよ？」

「し、しかし……」

「……あぁ、そういうこと。あたし、わかっちゃった。あんた、サボりたいわけね？」

「えっ!?」

「仕事をしたくないから、そんなつまらない言い訳をするんだ？　とことんふざけたヤツね……」

「ま、待ってください！　私は、決してそのようなことは……！」

「うっさい、黙れ！！」

怒鳴られて、執事はビクリと震えた。

ヘビに睨まれたカエルのように動けなくなってしまう。

「あんなみたいなサボり魔いらないわ。クビよ」

「そ、そんな⁉」

「クビって言ったらクビよ！　さっさと消えて！」

「……申しわけありませんでした」

相手は皇女。

逆らうことはできず、執事はうなだれて部屋を出ていった。

「まったく……使えないヤツが多いわね。これじゃあ、まだあのグズアルムの方がマシじゃない。って、ないない。それはないか。あんなヤツ、マジで使えないし」

ため息を一つ。

それから、舌打ちを一つ。

「パパに言って、新しいのをよこしてもらわないと。今度はちゃんと使えるヤツだといいんだけど……もうっ、本当にイラつくわね」

その後……リシテアは新しい専属を次々とクビにしていく。

その理由は、使えないから。

自分がどれだけ高い要求を突きつけているか気づくことはない。

アルムならできた。その一点を基準にして、落胆して、クビを連発する。
そうして多くの人が皇城を去ることに。
しかし、人が減ってしまったせいで、仕事はどんどん増えていく。
……破綻の時は近づいていた。

3章 近づいていく心と心

「うーん」

ある日のこと。

いつものように王女の執務室に置かれた、執事専用の席で仕事をしていると、ブリジット王女が一枚の書類を手に、なにやら悩ましげに唸って部屋に入ってきた。

「どうしたんですか？」

「ちょっと悩み事が……これ、見てくれる？」

そう言われ、俺は席を立ってブリジット王女の机に近づいた。

「拝見します」

ブリジット王女が見ていたのは、今年前半の農作物の収穫に関するデータだった。

「これも見て」

追加で渡されたのは、ここ十年の収穫物のデータ。

それを見て、ブリジット王女がなにに悩んでいるのか理解した。

「農作物の収穫量が減っていますね」

「そうなの。一気にガッツリっていうわけじゃなくて、年々徐々に、っていう感じなんだけど……これが続くとまずいことになっちゃう」

今はまだ大きな影響は出ていない。

しかし、このペースで減収が続くと、五年後には飢饉に発展するかもしれない。

「今のうちにどうにかしないと。たくさんの研究者に協力してもらっているんだけど……」

「うまくいっていないんですね？」

「うん……減少ペースを鈍化させるだけで、反転させることはできなくて……」

ブリジット王女はへなへなと崩れ落ちて、

「でも、なんとかしないと。みんなを飢えさせるなんて、絶対にしちゃいけないからね」

すぐにキリッとした表情になり、別の書類を睨むようにして確認する。

全ては民のために。

それが彼女の行動原理なのだろう。

そんな王女だからこそ、力になりたいと思う。

「ねえねえ、アルム君。アルム君ならなんとかできないかな？」

「はい、やってみせます」

「なーんて、やっぱりダメだよね……って、できるの!?」

「絶対とは断言できませんが、試してみたいことはあります」

「あ、あああぁ……」

ブリジット王女はふらふらと立ち上がり、

「やだもー！　アルム君最高！　しゅきーっ！！！」

「ちょ……⁉」

喜びのあまり、思い切り抱きつかれてしまうのだった。


俺とブリジット王女は現状を確認するために、さっそく王室が管理する畑に来ていた。

「まず、肥料を使いましょう」

「肥料ならすでに使っているよ？」

「それは天然素材の肥料ですよね？　天然素材の肥料も悪くないんですけど、ちょっと効果が足りない時があります。なので、人工素材の肥料を使います」

「え？　人工素材の肥料なんてあるの？」

「魔法で生成することができます。魔力が込められているので、植物にとって、とてもいい栄養になりますよ」

「魔法で肥料を……なにそれ。その発想、まったくなかったんだけど。さすがアルム君だね♪」

次に俺達が向かったのは、人手が足りずに放置されていた荒れた畑。

「こうした耕作放棄地も含め、郊外の使われていない土地も畑にしましょう」

「でも、耕すための人手はないよ？」

俺が提案すると、ブリジット王女は困ったように首を傾げた。

「魔法で簡単に耕すことができます。こんな感じで」

百聞は一見にしかず、俺はその場で土属性の魔法を使う。すると荒れ地がたちまち綺麗になる。

「うわ……荒れ地が一瞬で畑に……」

「さきほどの肥料をまいて、しばらく寝かせましょう。そうすればたくさんの作物が穫れる豊かな畑になるはずです」

「でも、管理する人がいないよ？」

「なぜかわかりませんが、最近、帝国からの移民希望者が増えているみたいですね？　その人達に任せましょう」

「おぉ、なるほど。仕事を与えることもできて、一石二鳥だね」

さらに色々なことを試していく。

新しい農耕具を開発して、簡単に作業ができるようにして。農夫向けの講習会などを開いて、知識を共有して。作物の品種改良も取り組んで。


……そして、一ヶ月後。

「おおおおおぉ♪」

改めて畑を見に行くと、大量の果実が実っていた。

みずみずしくて美味しそうなだけじゃなくて、大きさは通常のものの数倍。

夢のような光景に、ブリジット王女は目をキラキラと輝かせる。

「すごいすごいすごい！　すごいねぇ♪　ここは楽園か！　パラダイスか！　って、どっちも同じ意味やないかーい！」

ブリジット王女のテンションがおかしい。

「まさか、ここまで改革できるなんて……ほんと、アルム君様々だね♪」

「いえ、私は大したことはしていないので。本当にがんばったのは、あの後、しっかりと畑を管理してくれた人達ですよ」

「もちろん、それはあるよ。でも、基本的な土台ができていないとダメ。どうにもならなかった。アルム君は、その土台をしっかりと作ってくれた。だからみんな、感謝しているんだよ」

ブリジット王女の視線を追うと……

「ありがとな、兄ちゃん！　兄ちゃんのおかげで、今年の冬はなんとか越せそうだ」

「俺達の畑がこんなになるなんて……ああ、農家やってて本当によかった！　感謝しかないぜ！」

「よかったら、またアドバイスをください。もっともっとがんばりたいです、一緒に！」

たくさんの人が笑顔をこちらに向けてくれている。

リシテアは笑顔を見せてくれることはなかった。怒りの形相だけ。

その差に戸惑い、でも、嬉しくて……

自然と俺も笑顔を浮かべていた。

「あれ？　なんだろう、このりんご」

ブリジット王女が手にしたのは黄金に輝くりんごだ。

「これ……ものすごーい希少価値のあるゴールデンアップルに似ているけど……あはは、まさかねー」

「それ、ゴールデンアップルですよ」

「マジで⁉」

ブリジット王女と、そして、話を聞いていた農夫達がざわついた。

「ゴールデンアップルは、一つで金貨一枚くらいするんだよ⁉　その種となれば、金貨百枚はくだらないはずなのに……いったい、どうやって？」

「え？　それくらい、執事なら用意して当然でしょう？」

「執事だから、で片付けられても、ものすごーく困るんだけど……」

「ですが、執事ならやって当然のことなので。帝国では、それが当たり前でしたから」

『ゴールデンアップル食べたいから、明日までに用意しておいてね。あ、もちろんもぎたての天然物よ』なんて注文は当たり前のようにあった。

「そ、それはまた……」

「ダイヤモンドマスカットを食べたいから新鮮なのを採ってきて……と言われた時が一番大変でした」

「え？　ダイヤモンドマスカットって、まだ誰も栽培に成功していないよね？　未踏の『果ての大地』にしか自生していない、って聞いているけど……」

「はい。なので、果ての大地に行って採ってきましたよ」

「なんで⁉　どうやって⁉」

「執事のスキルでどうにか」

「執事万能すぎる……」

ブリジット王女は呆れた様子でため息をついて。

それから、いつものように笑う。

「あははは、本当にもう……アルム君は、何度私を驚かせれば気が済むのかな？　私、毎日驚いてばかりだよ？」

「えっと……申しわけありません」

「でも、それがアルム君らしいのかもね。これからも私のことを、たくさんたくさん、たーくさん驚かせてね♪」

「期待に応えられるよう、がんばります」

俺も、ブリジット王女の笑顔をたくさん見たい……そう思った。

◇

「……ふぁ」

いつものようにブリジット王女の執務室で仕事をする。

一瞬ではあるが気を抜いてしまい、あくびがこぼれてしまう。

「アルム君、眠い？」

「申しわけありません」

「ううん、責めているわけじゃないの。疲れているのなら休んでいいよ、って言いたくて」

「いえ。その気持ちは嬉しいのですが、働かせてください。きちんと仕事をしていないと、手が震えて落ち着かなくなってしまうので」

「なにそのワーカーホリック……？」

疲れは甘え。

病気は自己管理ができていない。

そう教わり、今まで仕事に励んできた。

「めっちゃブラックじゃん。それ、無茶苦茶な話なんだけど、気づいている？」

「これが労働の標準基準ですよね？」

「そんなブラック基準が当たり前だったら、倒れる人が続出しちゃうよ」

「ふむ？」

「そもそも、アルム君はちゃんと寝ている？」

「ええ、もちろん。昨日は三時間も寝ましたよ」

「……三時間……」

なぜかブリジット王女が絶句していた。

「それ、マジ？　たったの三時間しか寝ていないの……？」

「三時間も、ですよ。普段は一時間ですからね」

「いっ……⁉」

再びブリジット王女が絶句した。

なぜだ？

「執事は三時間の睡眠で問題ありません。それ以上寝ることは恥と知れ、と教わりましたからね。昨日はギリギリまで寝てしまい、危うく恥をかいてしまうところでした」

「いやいやいやいや。三時間睡眠がありえないっていう常識を知らない方が恥だからね？」

「？」

「ものすごく不思議そうな顔をしないで⁉　私がおかしいみたいじゃない！」

ブリジット王女はため息を一つ。

それからソファーに移動して、ちょいちょいと手招きをする。

「アルム君、こっちに来て」

「はい」

「もっと近くに」

「はい」

「えい！」

ぐいっと引っ張られて……

そのまま、ブリジット王女に膝枕をしてもらう形になってしまう。

「えっ……⁉　いや、これは……」

「だーめ、じっとしてて」

「し、しかし……」

「王女命令だよ。アルム君は、このまま私に膝枕をされること♪」

「むぅ」

命令と言われたら逆らうことができない。

ブリジット王女の膝枕はとても柔らかい。極上の枕に頭を乗せているみたいで、こうしているだけでとても気持ちいい。

それと、ふわりと香る甘い匂い。ほのかな熱。

「……ぅ……」

「にひひ、眠くなってきた?」

「いえ、そのようなことは……」

「我慢しなくていいよ。寝ちゃえ♪」

「しかし……」

「……ごめんね」

そっと頭を撫でられた。

温かい手。ブリジット王女の心の熱が伝わってくるかのようだ。

心地よくて、温かくて……そして優しい。

「アルム君ってなんでもできて、しかも、どれもこれも予想以上というか規格外で……だから、ついつい甘えていたのかも」

「気にしないでください。頼りにされているとしたら、それは執事としてとても誇らしいことですから」

「それでも、無理をしたらいけないよ。無理をするのが当たり前になってもいけないよ。それをよしと思っているのなら、私がアルム君を変えてみせる」

「……ブリジット王女……」

「だから……ね」

ブリジット王女は、そっと顔を近づけ、俺の耳元でとろけるような声で甘くささやく。

「寝ていいよ♪」

ブリジット王女の声はまるで魔法だ。

そうしなければ、と思ってしまう。

まぶたが自然と下がり……

「……すぅ……」

俺の意識はゆっくりと溶けていった。

～Ａｎｏｔｈｅｒ　Ｓｉｄｅ～

「ふふ、可愛い寝顔」

小さな寝息を立て始めたアルムを見て、ブリジットは優しく微笑む。

アルムの頭をゆっくり撫でて優しく見守る姿は、母親のようでもあった。

「こうして見ると、アルム君って可愛いんだよね。んー、これが母性？　でも……」

ブリジットはそっとアルムの頬に触れた。

「……不思議だね。こうしていると、すごくドキドキしちゃうよ」

アルムを労うはずなのに、ブリジットもまた癒やされていた。

彼の熱を感じて、ぽかぽかと心が温かくなる。

ずっとなんて贅沢は言わない。

少しでいいから。

だから……

「……今は、アルム君とこうして二人きりでいたいな……」

◇

「そういえば」

とある日の午後。

仕事が一段落して、そのまま執務室で休憩中。

ふと思い出した様子でブリジット王女が言う。

「アルム君って、今までなにをしていたの？」

「え？　帝国で皇女の専属執事を……」

「あ、ごめんね。聞き方が悪かった。その帝国で働く前はなにをしていたの？」

リシテアに拾われる前。

もっと具体的に言うのなら、両親が亡くなる前の話を聞きたいのだろう。

「そうですね……家族と普通に暮らしていました、としか」

「アルム君の家族！」

ブリジット王女がキラキラと目を輝かせる。

「面白い話ではないですよ？」

「それは私が決めるんだよー」

「わかりました。では……」

昔を思い出しつつ、語る。

「父さんは執事、母さんはメイドをやっていましたね」

「執事とメイド！　そっか、アルム君は執事界のサラブレッドだったんだね。うん、納得納得」

うんうんと頷いて、

「……いや、待てよ？　でも、両親が共に使用人っていうだけじゃあ、アルム君の頭がおかしいレベルの能力は身につかないような？」

酷い言われようだった。

俺、そんなにおかしいだろうか？　普通だよな？

「能力うんぬんはよくわからないですけど……ただ、物心ついた時から執事としての教育は受けていましたね」

「おー、英才教育」

「基本的な知識から始まって、執事としての立ち振る舞い。戦闘と魔法の訓練。精神を研ぎ澄ませる修業」

「なんでもやっているね……例えば、どんな戦闘訓練をしていたの？」

「死の谷に突き落とされましたね」

「……それって、Aランクオーバーの魔物が無数に生息している死の谷？　足を踏み入れたら、二度と帰ってこられないと言われている死の谷？」

「私はよくわかりませんが、両親は死の谷って言っていましたね」

「そんなところで戦闘訓練を？　無茶苦茶すぎる話だけど、でも、それならアルム君の戦闘力も納得が……」

「よかったら、ブリジット王女も同じ訓練をしてみますか？」

「死んじゃうよ⁉」

ものすごい勢いで拒否された。

うーん。

俺なんかが乗り越えられたくらいだから、ブリジット王女もいけると思うのだが。

「えっと……精神を研ぎ澄ませる修業っていうのは？」

「滝行ですね」

「あ、それ知っているよ！　滝に打たれて心を鍛える、っていうやつだよね？」

「はい。落差百メートルの滝に一週間打たれていました」

「それは私の知る滝行じゃないなあ！」

「え？　ですが、滝行ってそういうものですよね？」

「それが正しい滝行だとしたら、みんな、心を鍛える前に死んじゃうかな。翌日、川下にぷかぷかと死体があふれちゃう」

また大げさな。

しかし、ブリジット王女はあくまでも真剣な顔だった。

「まあ……うん。でも、そんな訓練を乗り越えるなんて、アルム君はすごいね。よっぽど執事になりたかったんだね」

「いえ……実を言うと、小さい頃は執事になりたくないと思っていました」

「え？　まさかの事実」

物心ついた時から執事としての訓練を積んできたから、俺にとってはそれが当たり前だった。

そんな日々に疑問を持つことはなかった。

でもある日、外で楽しそうに遊んで、おやつを食べている子供を見た。

そこで、俺がやっていることは『普通』ではないと知る。

訓練は辛い。

それよりも、他の子供のように遊びたい。美味しいものを食べたい。

「そう言ったら、ものすごい勢いで怒られましたよ。お前はいずれ、高貴な方々に仕えるんだ。これくらいで泣き言をこぼすな、それでも私達の子供か……って」

「それは……大変だったね」

「はい、大変でした。だから、執事の訓練は嫌いでした。それを強要する両親のことも……あまり好きではありませんでした」

ただ、その両親は流行病であっけなく死んでしまう。

その後、俺はリシテアに拾われた。

両親から執事として最低限の能力は叩き込まれていたため、仕事にありつくことができた。その点では訓練を受けたことは感謝している。

「たぶん……両親は、俺に生きる術を与えたかったんでしょうね」

「生きる術？」

「子供は弱い。普通は親に守られているから問題ないですけど、でも、その親になにかあったら？　その時、なにか力がないと自力で生き延びることはできない。助けを待つしかない。でも、世界は厳しい。待つだけで助けが来るとは限らない」

「だから、アルム君のご両親は、君のことを執事として鍛えた？　執事なら高い身分の人に仕えることができて、生活が保障されるから？」

「たぶん、そんなところだと思います」

両親はとても不器用だった。うまく想いを言葉にできない人達だった。

酷い親だな、って思っていたけど……たぶん、きちんと俺のことを愛してくれていたのだろう。

「今は感謝しています」

「執事になることができたから？」

「ちょっと違いますね。こうして、ブリジット王女と出会うことができて、そして、あなたに仕えることができた。だから、感謝しています」

「……」

ブリジット王女は目を丸くして、

「そ、そっかー……ふーん。私と出会うことができたのがそんなに嬉しいんだ？　へー、ほー」

「はい、とても」

「がふっ」

「『向日葵王女』の太陽のような笑顔で、私は身も心も救われたと思っています」

「げほっ」

なぜかブリジット王女が悶えていた。

もしかして……

「照れています？」

「……」

耳が赤い。

図星みたいだ。

「はー？　はー？　照れてなんかいないし、いないし！」

「えっと……」

「私は王女だからねー、これくらいのことで照れたりなんかしませーん。はい、勘違いご苦労さま。おつー！」

どう見ても照れているのだけど、それは指摘しないでおいた。

代わりに、心の中でもう一度、感謝の言葉を紡ぐ。

ありがとうございます、ブリジット王女。

あなたは俺の太陽です。

◇

「アルム君、アルム君」

朝。

仕事の準備をしてブリジット王女の執務室に行くと、見知らぬ男性がいた。

白い服とコック帽。城で働く料理人だろう。

「私の仕事っていうわけじゃないんだけど、ちょっとお願いしてもいいかな？」

「なんでしょう？」

ブリジット王女に促されて、料理人が前に出る。

「はじめまして。僕は、この城で料理長を任されているクライドです」

おぉ、この人が料理長なのか。

城の食堂で食べる食事はどれも美味しい。

「なるほど、いつも美味しい料理をありがとうございます。申し遅れました。自分は、ブリジット王女の専属執事のアルム・アステニアといいます」

「実はアルム君にお願いしたいことがあるのですが……」

クライドがそう言うと、ブリジット王女が隣でうんうんと大きく頷いている。

「すでにブリジット王女の許可を取っているみたいなので、特に問題ありません。なにをすればいいでしょうか？」

「お使いを頼みたいんだ」

ブリジット王女が意外なことを言い出した。

「お使い……ですか？」

なぜ俺を指名するのだろう？

「クライドはものすごーく美味しい料理を作ってくれるんだけど、材料がないと話にならないからねー。そ・こ・で、アルム君の出番っていうわけだよ！　材料を取ってきてくれないかな？」

「その材料っていうのは？」

「ビッグボアの肉をお願いできないかな？」

ビッグボアというのは、イノシシを大きくしたような魔物のことだ。

魔物だけど、きちんと食べることができる。世界中を駆け回るほどの体力があって、いい感じに育っているため、野生のイノシシよりも美味しいと言われている。

「ビッグボアの肉はいいんですけど、どうして急に？」

「えっと……」

クライドさんは困った顔でブリジット王女を見た。

ブリジット王女は舌なめずりをしている。

俺の視線に気がつくと、あたふたと手を横に振る。

「ち、違うよ⁉　私が食べたいからとか、そういう理由じゃないからね⁉　その、『食いしん坊め！』っていう目はやめて！」

「では、どういう理由なんですか？」

「アルム君のおかげで農作物の問題は解決されて、農作地の環境はパワーアップ！　あの後、家畜の餌とかも新しいものを作ってもらったけど、でも、効果がハッキリとわかるのはしばらくかかるでしょう？　だから、それまでの間、他にできることをしておこうと思って」

「なるほど。それで、魔物の肉に目をつけたわけですね？」

「魔物っていうだけで、食べられないわけじゃないからね。でも、不安に思う人は多い。だから、王女である私がみんなを安心させないといけない、っていうわけ」

「それだけですか？」

「ものすごく美味しいって聞くから、やっぱり食べてみたい！」

やはり食いしん坊だったみたいだ。

◇

食いしん坊王女……もとい、ブリジット王女の命を受けた俺は王都の外に出て、魔物が住む森にやってきた。

「この奥にビッグボアの巣があるはずですよ」

クライドさんが案内を買って出てくれた。

元冒険者だそうなので頼りになりそうだ。

「連中は耳がいいです。ここから先は慎重に行きましょう」

「了解です」

口を閉じた。足音を殺して、気配も殺す。

五分ほど進んだところでビッグボアを発見した。

オスとメスが一頭ずつだ。

「そ、そんな……まさか、こんなことになるなんて……」

「クライドさん、どうしたんですか？」

「今すぐに逃げましょう。あれは、ビッグボアではありません。さらにその上の、グレートビッグボアです。戦闘能力に特化した個体で、ベテランの冒険者も返り討ちに遭うという、災厄と呼ばれている存在です」

いや。

グレートビッグボアの知識なら俺も持っているが……

「いいえ、クライドさん。あれは普通のビッグボアじゃないですか」

「え？」

「ちょっと行ってきますね」

「ま、待ちなさい⁉　死にたいのですか⁉」

俺は頼んで用意してもらった短剣を両手に持ち、地面を蹴る。

急加速。

風のような速度でビッグボアの目の前に移動して、その頭部に短剣を突き立てた。

「グモオオオオォッ‼　⁉」

ビッグボアが悲鳴をあげて倒れる……が、まだ生きている。

なので顎を蹴り上げて、その勢いで首の骨を折る。

今度こそ、ビッグボアは動かなくなった。

「グルァッ！！！」

番《つがい》をやられたことで、残りのビッグボアが怒り心頭といった様子で突撃してきた。

「あ、危ない⁉　逃げてください、アルム君！　グレートビッグボアの突撃は城壁を打ち壊すと言われていて……」

「む！」

「なぁ⁉」

ビッグボアの突撃を片手で受け止めた。

やや重いが、問題ない。

そのままビッグボアの頭をがしりと掴んで、持ち上げて、そして思い切り地面に叩きつける。

ガンッ！　という鈍い音がして、頭蓋骨が砕けた。

「よし、狩りは終わり」

「……」

なぜかクライドさんが絶句していたが、俺はなにも知らない。


「……」

ビッグボアを持ち帰ると、なぜかブリジット王女も絶句した。

「えっと……これ、グレートビッグボアだよね？」

「ブリジット王女までなにを言っているんですか？　ただのビッグボアですよ」

「おかしいな、私の記憶と知識がバグっているのかな……」

「帝国にいた頃はちょくちょく狩りに行かされていたので、間違いないですよ」

「こんな危険な魔物をちょくちょく狩っていたんだ……」

「一時期、帝国方面のボア系列の魔物が極端に数を減らしたっていう話を聞きましたけど、アルム君のせいなんですかね……」

遠い目をするブリジット王女とクライドさん。

ふむ？

「ま、まあいいや！　これだけのお肉があれば、一気に国の食料事情は改善されるよ。ありがとう、アルム君」

「いえ」

迷い、考えて……

それから考えていたことを口にする。

「……ブリジット王女。一つ、気になることが」

4章 災厄

「異常？」

執務室へ移動して気になっていたことを話すと、ブリジット王女の顔が一気に真剣になる。

「はい。あの森はなにかがおかしい。急ぎ、調査をすることを具申します」

「ちょっと待って。どういうこと？　おかしい、って言われてもよくわからないんだけど……」

「すみません。私も少し慌ててて説明不足でした」

もしも俺の悪い予想が当たっているのならば、その時は『災厄』が起きる。

だから、説明を省いてしまうくらいには慌てていた。

「ビッグボアを狩りに行った時に気づいたんですけど、森の様子がおかしいです。あの森には色々な動物や、他にも多数の魔物が生息していると聞いていましたが、それらの姿を見かけませんでした。ただの一匹でさえも」

「それは……」

「俺とクライドさんが見つけたビッグボアも、どこかへ避難している途中のように思えました。巣があったのに、他の個体がいない」

「ちょっと待って、ちょっと待って。それじゃあ、もしかして……スタンピード？」

さすが、ブリジット王女は頭の回転が速い。

偶発的な要因が重なり、非常に強力な個体が出現する。そいつに怯えた動物や魔物達は姿を消す。しかし、やがてパニックに陥り、暴れ回り、津波のごとく周囲の街を飲み込む。

それがスタンピードだ。

「私の勘違いという可能性も否定できませんが……しかし、あの独特の空気と雰囲気はスタンピードの前兆としか思えず」

「なるほど……って、ちょっと待って？　アルム君、以前にもスタンピードを体験しているの？」

「はい。帝国にいた頃に」

「そういえば、数年前に帝国の方でスタンピードが起きたっけ」

「その時は、本陣の準備が整うまで一人で食い止めろと言われて大変でした、ははは」

「いやいやいや、ぜんぜん笑えない話だからね、それ？」

「あの時は、さすがに疲れましたね」

「疲れた、の一言で済んじゃうんだ……ってか、やけに被害が少ないなー？　とは思っていたけど、あれ、アルム君のおかげだったんだ……」

ブリジット王女は考える。

考えて、考えて、考えて……そして、すぐに決断を下した。

「調査の必要はないわ」

「しかし……」

「スタンピードが起きる。その前提で動くよ」

「え？　でもそれは……」

「私はアルム君を信じるよ、根拠はそれで十分♪」

「……ありがとうございます」

誰かに信じてもらえる。

それがこんなにも嬉しいことだなんて知らなかった。

「ちょっと忙しくなると思うけど、アルム君、手伝ってくれる？」

「もちろんです」

◇

ブリジット王女は迅速に動いた。

スタンピードの前兆があることを国内外に通達。外に出ている民を全て王都に避難させた。

そして、騎士団の出動。王都の防衛だけではなくて、森に近い村にも派遣される。

簡易的なものではあるものの、防壁と窟《くつ》の作成。罠の設置。食料や医薬品の備蓄。

できる限りの準備を進めていく。

スタンピードが発生したら、万を超える魔物が押し寄せてくる。

これでも準備は足りないくらいだ。たくさん時間が欲しい。

でも、それは叶わぬ願いで……

◇

「スタンピードの発生を確認！　魔物の群れが王都に向かってきています」

スタンピード対策室となった会議室に、最悪の伝令がもたらされた。

できれば俺の勘違いであってほしかったけど……ダメだったか。

「数は？」

「三千ほどかと」

「まだまだ増えるね……避難状況は？」

「はっ、全ての民を王都内に収容、完了しております」

王女の質問に騎士団長が答える。

「防御と備蓄は？」

「……正直、どちらも厳しいです。言い訳になってしまうのですが、どうしても時間が足りず……せめてあと一日、いえ、半日あれば完璧なものにしてみせるのですが」

「ううん、気にしないで。みんなはすごくがんばってくれている。私は、そのことをちゃんと知っているよ」

ブリジット王女はにっこりと笑う。

彼女の笑顔は心を温かくするだけではなくて、人を奮い立たせることもできるようだ。

今、王は外遊で不在。故に、ブリジット王女が国を預かる者として国を守るための指揮を執る。若い王女が指揮を執ることに、誰も不満を覚えていない。彼女ならばと、誰もが安心している様子だ。

これもブリジット王女の力なのだろう。

「隣国からの……帝国からの援軍は？」

「申しわけありません。今のところ……」

「戦力を出し渋っている……か。あーもう、スタンピードが起きたら他人事じゃいられないって、なんでわからないのかなー？　協力して叩くのが一番なのに。って、愚痴をこぼしても仕方ないか。今ある戦力でなんとかしないと……」

ぶつぶつと愚痴を言いながらもブリジット王女が対策を考える。

しかし、明確な打開策を打ち出すのは難しいだろう。

とにかく時間が足りない。騎士団長が言うように、せめてあと半日欲しい。

フラウハイム王国の騎士達は精鋭揃いだ。冒険者も一流が多い。

彼らが一致団結して迎撃すれば、乗り越えることはできる。

ただ、やはりそのための準備の時間が足りない。

「ブリジット王女」

「うん？　どうしたの、アルム君？」

「俺が魔物達を引き付けて、時間を稼いできます」

◇

俺が囮になって半日の時間を稼ぐ。

そんなことは不可能だ、命を捨てるようなものだ……と、騎士達に強く反対された。

ただ、彼らは俺の心配をしてくれているだけ。

ブリジット王女も最初は反対した。

しかし、他に方法がない。打てる手はなんでも打つしかない。

そう説得すると、かなり渋々ではあったものの許可が下りた。

「よし、いくか」

準備を整えた俺は、王都を囲む城壁の前に立つ。

見張りの兵士に門を開けてもらうように合図を……

「アルム君！」

忙しいはずなのに、ブリジット王女は見送りに来てくれて。

いよいよ門を開ける時になって、我慢できないといった様子で抱きついてきた。

兵士や街の人がいるのだけど、気にしていない様子だ。

「……ごめんね。ごめんなさい……」

「どうして謝るんですか？」

「だって、私……アルム君に酷いことを……一人に全部押し付けるなんて……悔しい。悔しいよ。力のない自分が……ものすごく悔しい」

ブリジット王女は泣いていた。俺のために泣いてくれていた。

それで十分だ。

そして、改めて誓う。

彼女を笑顔に変えてみせる。

いや、彼女だけじゃない。この国の皆を笑顔にしてみせる。

それが執事としての仕事だ。

「大丈夫です。俺は、一人じゃありませんから」

「アルム君……?」

「こうして、ブリジット王女が見送りに来てくれました。それに……」

彼女の後ろを見ると、たくさんの騎士がいた。

ブリジット王女の視察に同行した時、知り合いになった人達がいた。

「いいか、無理はするんじゃないぞ!?　自分の命を一番に考えるんだぞ!」

「準備を整えたら、俺達もすぐに駆けつける。だから、どうか無事で!」

「絶対に帰ってくるんだよ?　その時は、美味しいものをたらふく食べさせてあげるからね」

「お兄ちゃん、がんばってね!」

「がんばれー!」

うん。

この人達のためならがんばることができる。

帝国にいた頃とは違う。

仕方なく、ではなくて、自ら進んで戦いに赴くことができる。

「では、行ってきます」

「アルム君……絶対に帰ってきてね？　約束してね？」

「はい、もちろんです。それに……」

「それに？」

「全滅させてしまってもいいのでしょう？」

「……」

ブリジット王女は目を丸くして、

「ぷっ……あはは、うん。いいよ、いいよ。やっちゃえ、アルム君！」

涙目になりながらも笑ってくれた。

その笑顔が俺に力をくれる。

～Another　Side～

半日の時間を稼ぐために、執事が単身で突撃する。

無茶苦茶な策だ。普通なら誰もが反対するだろう。

しかし、フラウハイム王国の者達は知っている。

ブリジット王女は知っている。

その執事は『規格外』であるということを。

アルム・アステニア。

執事としての仕事は完璧以上にこなしてしまう。

また、専門分野以外の知識も豊富で、フラウハイム王国に大きな恩恵を与えてくれた。

戦闘能力もすさまじい。

ベテラン冒険者が十人がかりで挑むグレートビッグボアを、一人で、しかも瞬殺してしまうほどの力の持ち主だ。

彼ならば。

アルム・アステニアならば、あるいは……！

◇

ブリジットは会議室に戻り指揮を執る。

王族だから安全なところに隠れる……なんてわけにはいかない。

本当なら、力があれば前線で魔物と戦いたいところだ。

とはいえ、さすがにそれは無茶なので指揮を執るだけに留めている。

彼女の優秀な頭脳は、的確に皆を導いていく。騎士団長や宰相などを始め、たくさんの人が補佐してくれていた。

それでも大きなプレシャーがある。

失敗したら国が破滅するかもしれない。

でも、負けるわけにはいかない。

王は外遊で不在。母はすでにこの世にいない。病で去っていた。

だから、自分ががんばらないと！

ブリジットは気合を入れて、現実に立ち向かっていく。

今できることをやる。

そうしないと、アルムに呆れられてしまう。

だから、なにがあろうとがんばらないといけないのだ。

そうして必死に指揮を執り、あっという間に半日が経った。

◇

「みんな、行くよ！　スタンピードを退けて民を守り……そして、アルム君を助けに行くよ！」

「「「おおおおおぉーーーっ！！！」」」

ようやく出撃の準備が整い、門の前に多くの騎士が集結した。

その中に、武装したブリジットも含まれている。

騎士達を鼓舞するため。

そしてなによりも、誰よりも早くアルムを助けに行くため、彼女も出陣することになったのだ。

大反対を受けたものの、そこは王女権限で押し通した。

全ては大切な国民とその国民を守ろうとしてくれているアルムのため。

「それじゃあ、いざ……」

「あっ⁉　お待ちください、なにか異変が……！」

監視班から緊急の報告を受けて、ブリジット達は出撃の足を止めた。

いったいなにが？

緊張しつつ様子を見ていると……

「ふぅ」

ぴょんと、門を乗り越えてアルムが姿を見せた。

あちらこちらに傷を負っていて、執事服はボロボロになっている。

それでも大きな怪我はない様子で、しっかりとした足取りだった。

「……あ……」

「ただいま戻りました」

「アルム君っ‼」

人目もはばからず、ブリジットはアルムに抱きついた。

そのまま、わんわんと泣く。

「よがっ……よかった、よぉ！　わらひ、アルム君が心配で心配でぇ……うぅ、ひっく……本当によかったぁ！」

「心配をかけて申しわけありません。ですが、この通り無事です」

「うん……約束、守ってくれたんだね」

「もちろんです。もう一つの約束も守りましたよ」

「もう一つ？」

はて、そんな約束をしただろうか？

不思議に思い、ブリジットは小首を傾げた。

「スタンピードの魔物、全て片付けてきましたよ」

「はぇ？」

「全滅させてもいいですか、って言ったじゃないですか」

「ふぁ？」

いや、待て。

それは、私を少しでも安心させるための強がりではなかったのか？

まさかあれ、マジで言っていたのか？

ブリジットは愕然として……

「あはっ……あはははは！」

思い切り笑う。

腹を抱えて笑う。

「あーもう、本当にアルム君っていう人は……」

「どうしたんですか？」

「ううん、なんでもないよ。ありがとうアルム君。約束を守ってくれて、私すごく嬉しいよ♪」

◇

隣国のフラウハイム王国がスタンピードの危機に晒されているらしい。

そんな報告を受けたリシテアは……

「救援要請？　そんなもの無視しなさい。なんで好き好んでスタンピードに巻き込まれないといけないのよ、アホらし」

救援要請を一蹴した。

武人、文官達もリシテアの考えに賛同した。

スタンピードなんて大したことはない。数年前に帝国でスタンピードが発生したことがあるが、ほとんど被害は出ていない。

フラウハイム王国は騒ぎすぎ。所詮、軟弱者の弱小国。

……と、誰も彼もスタンピードを甘く見ていた。

どうせ今回も大したことはない。

巻き込まれたとしても、被害なんてゼロで終わる。

……しかし、それが間違いであることをすぐに思い知らされる。

◇

「なによ、これ……なによ、なによ、なによ、なんなのよこれはぁ!?」

新しい執事からの報告を受けて、リシテアは激怒した。

フラウハイム王国で発生したスタンピードの余波を受けて、帝国内でも小規模のスタンピードが発生した。

スタンピードなんて大したことはない。辺境貴族に任せておけばいい。

そんな決定を下したのだけど、辺境貴族ではスタンピードを制圧できず、魔物の群れは皇都まで押し寄せてきた。

ならば、スタンピードなんて帝国軍本隊が退屈しのぎに蹴散らしてくれる！

……と意気込んで出陣した軍人達の大半が怪我を負い、返り討ちに遭うハメに。

帝国の叡智と呼ばれている賢者の力を借りることで、どうにかこうにか撃退することができたものの、甚大な被害が出てしまったのだ。

「ふ、ふざけているわ……たかがスタンピードごときで、なんでこんなに被害が出るわけ？　あのグズで制圧できたんだから、大したことないはずなのに……‼」

　未だリシテアはアルム基準で物事を測っていた。

　本人は自覚していないが、それはアルムに執着しているという証に他ならない。

「あ、あの……皇女様？」

　報告を上げた執事は、リシテアの怒りを間近で見て震えていた。

　最近の皇女の荒れようはとても酷い。二十四時間不機嫌で、その怒りを受けて、毎日のように誰かが解雇されている。

　次は自分の番では？

　そう考えて部下は震えていた。

「……クビよ」

「ひぃ⁉　や、やっぱり……」

「帝国軍の幹部連中、全員クビよ」

「え？」

　自分のことではない？

　執事は安堵して……しかし、すぐに、いやいやいやと焦る。

「帝国軍の幹部を全員クビにするなんて……そ、そのようなことをしたら、帝国軍はめちゃくちゃになってしまいます！」

「スタンピードの一つや二つ、まともに対処できない無能なんていらないわ」

「そ、それは……」

確かに、今回のスタンピードは大きな被害が出た。

前回はあんなにもあっさりと制圧できたというのに。

そう考えると、リシテアの言うことにも一理あるような気がしてきた。

……なんて考える執事も困った部下であるのだが。

「いえ、でもしかし、いきなりクビにしたら、路頭に迷った者達が盗賊になる可能性が高く、帝国が荒れる恐れが……」

「なら、追放すればいいじゃない。そうね……フラウハイム王国に押し付ければいいのよ。そこで盗賊になっても帝国はまったく困らないわ」

外道の言い分である。

しかし、

「おおっ、それは素晴らしいアイデアですね！　さすが皇女様」

リシテアの太鼓持ちに必死な執事は、うんうんと賛同してみせた。

……こうして、帝国から優秀な人材がどんどん流出していく。リシテアの手で放逐されていく。

いくら強力な武器があっても、それを扱う軍人がいなければ意味がない。たくさんの人材が外部に流れたことで、帝国は内部からガタガタになっていく。

しかし、そのことに誰も気づかない。

リシテアも気づかない。

ずっと。

◇

「アルム君、アルム君♪」

呼び出しを受けてブリジット王女の部屋を訪ねると、ものすごくいい笑顔で迎えられた。

逆に嫌な予感がする。

「こっちに来て？」

「……もしかして、また膝枕ですか？」

「違うよー。でも、なんでそんなに嫌そうなの？　膝枕、嫌だった？」

「嫌ではないですけど……」

「けど？　なになに、聞きたいなー」

「……心地よすぎて、ダメ人間にされてしまいそうです」

「そっか、ふふ♪　いいよ、私がアルム君のこと、ダメ人間にしてあげる。だいじょーぶ。私、王女だから。アルム君のこと、一生養ってあげるよ♪」

「……お断りします」

「あ。今ちょっと迷った？　迷った？　にひひ」

ノーコメントで。

「それで、ソファーに座ればいいんですね？　って……なんですか、この包みは？」

ソファーの前に置かれているテーブルに、綺麗なリボンでラッピングされた包みがあった。

「さーて、なんでしょう？」

ブリジット王女は楽しそうに俺の隣に座る。

包みを手に取り、じゃーんとラッピングを解いてみせた。

「クッキー？」

「ただのクッキーと侮ることなかれ。私の愛情がたっぷり入っているよ♪」

「え、ブリジット王女が焼いたんですか？」

「そそ。王女様手作りクッキーだよ」

ブリジット王女はクッキーを指先で摘み、こちらの口元に差し出してきた。

「はい、あーん♪」

「いえ、それは……」

「嫌？」

「というか、どうしてこんなことに？」

「今日はアルム君を労う日だからね。日頃の感謝を込めて、私がアルム君のお世話をするの」

「いや、そのようなことは別に……」

「するの」

「私は執事なので、さすがにそれは……」

「するの」

「しかし……」

「す・る・の」

「……わかりました」

圧に負けた。

「じゃあ……あーん♪」

「……あむ」

ブリジット王女が口にクッキーを入れてくれた。

「美味しい？」

「はい、とても」

お世辞抜きに美味しい。

生地はサクサクで香ばしい。チョコチップを練り込んでいるらしく、時折広がる甘味とほのかな苦味が面白い。

甘すぎないところもポイントだ。しつこくないので食べやすい。

「これ、ブリジット王女が作ったんですよね？」

「うん、そだねー」

「すごいですね。店を開けるんじゃないですか？」

「もう、褒めすぎだよー。まあ、それほどでもあるけどね！」

優しくて料理もできる。将来は、きっといい……って、ブリジット王女は王族だ。

そういう視点で語ることはできないか。

でも……彼女と結婚する人は幸せなんだろうな、と思う。

「うん？」

ふと、ちくりと胸が痛む。

なんだろう？

「アルム君、どうかした？」

「いえ……なんでもありません」

気のせいだろう。

「そう？　じゃあ、お世話第二弾といきますか！」

「まだあるんですか？」

「あるよー、まだまだあるよー。というわけで、今度はここのソファーにうつ伏せになって」

「こうですか？」

「はい、よろしい。じゃあ……マッサージ、開始だぁ！」

ブリジット王女は俺の背中に乗ると、ぐいぐいと背中を両手で押す。

正直、力は足りない。

ただ、しっかりと体重をかけていることで、いい感じにツボが刺激されていた。

「どう？　気持ちいい？」

「はい……けっこう」

「よかった。私で気持ちよくなってくれているんだね♪　いっぱい気持ちよくなってね」

言い方。

卑猥な妄想をした俺は死んだ方がいいかもしれない。

「これ、いつまで続くんですか？」

「んー……あと五項目くらい？」

「多いですね」

「いや？」

「どうせ断れないんですよね？」

「正解♪」

やれやれ、とため息をこぼしてしまう。

でも、本気で嫌というわけじゃない。

不敬なのかもしれないが、この時間は心地よくて楽しくて……

「あ、アルム君笑っているね。楽しい？」

「……かもしれません」

ずっと続いてほしいと思うのだった。

5章 視察と悪意と

「ふんふーん♪」

馬車の中。

ブリジット王女はごきげんな様子で鼻歌を歌っていた。

「楽しそうですね」

「まあねー。これから視察で向かう村は、ワインの名産地なんだ。ものすごく美味しいんだよ！」

スタンピードの脅威も去り、フラウハイム王国に平和が戻ったので、ブリジット王女は公務を再開した。今日は国内でも有数のワインの産地の視察だ。

「飲むのは構いませんが、ほどほどにしてくださいね？」

「私、お酒は強いよ？　一緒に飲んで試してみる？」

「まあ……機会があれば」

「それに、酔いつぶれてもアルム君がいるからね。私は安心して飲める、っていうわけだよ」

その信頼は喜んでいいのか。

それとも、ブリジット王女のことを情けないと嘆くべきなのか。

彼女の専属としては、とても複雑な気持ちだ。

「山間部にある村なんですよね？」

「うん。標高が高いから、美味しいワインが作れるとか。詳しいことは知らないけどね」

「馬車で片道一週間……長旅になりますね」

「なにか起きるかもね」

「そういうことを言うのは止めてください」

「フラグになる?」

「わかっているのなら……」

その時、馬の悲鳴が聞こえてきた。

「えっと……ごめん」

とりあえず、ブリジット王女はてへへ、と苦笑するのだった。

◇

馬車を降りると、武装した男達に囲まれていた。

盗賊か?

人数は……多いな。ぱっと見ただけで三十人は超えている。

ただ、これで全部じゃないだろう。狙撃を行う者がどこかに隠れているだろうし、いざという時の退路を確保する者なども隠れているはず。

それらを含めると、敵は全部で四十人前後というところか。

護衛の騎士達と並び、鋭く問いかける。

「何者だ？」

「さーて、何者だろうな？　ま、俺達のことはどうでもいいんだよ」

「金目のものを置いていってもらおうか。あと、女をよこせ」

盗賊で確定だ。

ただ……おかしいな？　これだけの規模の盗賊団がいるなんていう話、聞いたことがない。

基本的に、盗賊に堕ちるのは生活苦の者がほとんどだ。普通に仕事をするだけでは食べていけず、他者から金品を奪うようになる。

ただ、フラウハイム王国は経済が安定している。

盗賊に堕ちるほど困窮している人がいるとは思えないのだけど……

「……まあいいか」

盗賊の背景は後で調べればいい。

今考えるべきことは、ブリジット王女の安全だ。

「忠告する」

「あん？」

「おとなしく投降すれば命の保障はする。しかし、抵抗するのなら保障はできない」

「「ぎゃははははは！」」

盗賊達はきょとんとして、次いで、爆笑した。

気持ちはわかる。連中からして見れば、うさぎ狩りをしていたら、うさぎが「痛い目を見るぞ？」と言ってきたようなもの。

笑って当然だ。

「ブリジット王女の専属執事である俺を侮るな」

「は？」

「き、消えた……⁉」

彼らの返事はわかりきっていたので、言葉による忠告は行わない。

奇襲を二度目の忠告とさせてもらう。

連中の背後に回り込み、一人の盗賊の足を摑んだ。そのままフルスイングして、他の連中に向けて投げつけてやる。

「「ぎゃあああっ⁉」」

まとめて数人、地面に転がる。

「てめえっ、よくもやってくれたな⁉」

「下手に出ればいい気になりやがって、ぶっ殺してやる！」

いつ下手に出た？

不思議に思いつつ、襲いかかる連中に向けて駆けていく。

逆に向かってくるとは思っていなかったらしく、盗賊達は、一瞬、次の行動に迷う。

それが大きな隙となる。

盗賊達の間を縫うように駆け抜けて……同時に、一人ずつ、拳を三発ずつ叩き込んでいく。

連中の間を駆け抜けた後には、骨が折れて、苦痛にうめいて倒れる盗賊達の姿があった。

「アルム殿、我々も加勢します！」

「いえ、こちらは自分に任せてください。みなさんは王女の護衛を！」

「はっ、了解いたしました！」

いくら盗賊を倒しても、ブリジット王女に害が及んだらアウトだ。

騎士達には護衛に専念してもらうことにした。

「矢だ、矢を撃て！」

後方から五人の盗賊が現れた。

やはり伏兵が隠れていたか。

盗賊達は弓を持ち、矢を連射する。

矢が雨のように降ってくるのだけど、

「甘い」

「なぁっ!?」

こちらに向けて降り注ぐ矢の全てを掴んでみせた。

「ま、魔法だ！　魔法をぶつけてやれ！」

さらに増援が現れた。

もう隠れている気配はないから、これで打ち止めだろう。

「「火よ、我が意に従いその力を示せ。ファイアクリエイト！」」

今度は炎の雨が飛んできた。

さすがにこれは摑むことはできない。

なので、

「「「はぁあああっ⁉」」」

蹴り返すことにした。

魔力を足に集中させることで、魔法に触れることが可能となる。

蹴り返された炎弾が命中して、半数近くの盗賊が倒れた。

「て、てめえ……な、何者だ？」

「ただの執事だ」

「嘘つけぇっ⁉　そんな執事がいてたまるか！」

ここにいるのだから嘘はついていない。

「さて」

残りの盗賊達を睨みつける。

彼らは揃ってビクリと震えた。

「もう一度だけ聞く。投降するつもりはあるか？　しないのなら……残りは殺す」

「な、なんだよ、この迫力は……ライオン、いや、それ以上のなにか……死神みたいだ」

「執事というのはなにかの隠語で、本当は名のある冒険者じゃないのか？　ほら、伝説のSラン

ク の……」

「こんな化け物がいるなんて……くそ、なんて運が悪いんだ」

失礼なことを言う。

「だから、俺はただの執事だ。これくらい、普通だろう？」

「「いやいやいや、ありえないから！」」

全力で否定されてしまう。

なぜだ？

「まあいい。あくまでも抵抗するのなら、執事として、ゴミ掃除はきちんとしないとな」

「「なんか、ものすごく物騒なことを言い出した⁉」」

「安心しろ。しっかりと丁寧に、綺麗にしてやるからな」

「「待って待って待って⁉」」

「じゃあ、さっそく……」

「「抵抗しません、投降します、服従します！　すみませんでしたぁあああああっ！！！　だからどうか、どうか命だけは‼」」

なぜか俺が悪者のような流れになってしまった。

解せぬ。

◇

盗賊の襲撃で足を止めることになった。

連中は全て縛り上げて、それから尋問。必要な情報を得た後はそこら辺に放置だ。

風邪を引くかもしれないが、そんなことは知らないし、そこまで面倒を見るつもりもない。盗賊なんてやっていたのだから、殺されないだけマシだと思ってほしい。

まあ、裁判の後はどうなるかわからないが。

「ふむ」

しかし、尋問で得た情報を整理すると、非常にややこしい事態になっていることが判明した。

盗賊達は帝国の元軍人。理不尽な解雇を受けて、その上で国外追放されたという。

先をまったく見通すことができず、やむなく盗賊に堕ちたらしい。

「アルム君、どんな感じ？」

ブリジット王女が馬車から降りてきて、状況を聞いてきた。

安全が確保されたから、現状確認をしたいと考えたのだろう。

「国に連絡はしたので、しばらくすれば騎士団がやってきて、連中を引き取ってくれるでしょう。それまでの間、縛り上げたとはいえ放置するわけにはいかないので、ここに留まることになります。視察は遅れますね」

「そっか、でも仕方ないね。ワインは残念だけど……じゅるり」

ものすごく残念そうだった。

食いしん坊王女？

「しかし……」

「なにか気になることでも？」

「連中、元帝国軍人らしいです」

迷った末に本当のことを話すことにした。

ブリジット王女は頭の回転が速く、視野がとても広い。危険からは遠ざけたいものの、彼女なら俺が気づかないことに気づくことができるかもしれない。

だから情報共有のため、素直に本当のことを伝えた。

「理不尽な理由で追放されて、それで盗賊に堕ちたらしいです」

「アルム君と似ているね……帝国では追放が流行っているのかな？」

「私がいた頃は、そんなことはなかったと思いますが」

ただ最近、帝国方面から流れてくる情報はきな臭いものがある。国が荒れて、民の生活が困窮しているらしい。

その原因は……皇女リシテア。彼女のわがままが国を傾けているとか。

ありえない、と普通なら思うのだけど、リシテアを知っている俺からしたら、なるほどと納得してしまう。

それほどまでに彼女の言動は酷い。

普通に考えれば、いくら皇女でもそこまでの権限はない。ただ、リシテアは両親である皇帝と皇妃に溺愛されているため、好き放題が許されていた。

「彼らはどうなるのでしょうか？」

「襲ってきたのはフラウハイムの領土内だから、王国法に照らし合わせるのなら、相当に厳しい刑が待っているかな」

もしも帝国に送り返せば、盗賊は労働奴隷か極刑の二択だ。いずれにせよ、彼らには過酷な未来しかない。

「なるほど。しかし、自業自得ですね。それに、ああいう連中の掃除をしておかないと、どんどん汚れが溜まり治安が悪化してしまいますから、妥当な措置かと」

「掃除っていうところとか……たまに、アルム君ってすごーく怖いよね」

「そうですか？　普通だと思いますが……」

「うん、そうだね。普通だと思う。ただ……うーん。事情を聞くと、ちょっとかわいそうかな、って思っちゃうんだよね」

「ブリジット王女は優しいですね」

「甘いだけだよ。んー……どうしようかな？」

ブリジット王女はなにやら考えている。

ややあって、縛り上げられた盗賊達のところに向かい、にっこりと笑いつつ声をかけた。

「ねえねえ、君達？　ウチで雇われる気はない？」

「「「は？」」」

盗賊達の目が丸くなる。

俺も驚いて目を大きくした。

「盗賊なんてやるよりも、軍人を続けた方がいいんじゃないかな？　まあ、危険は軍人の方が高いかもしれないけどさ」

「あんた、王国の王女なんだってな……本気か？」

「うんうん、めっちゃ本気」

盗賊達の初仕事は俺達だ。

失敗したので、今のところ被害者はゼロ。そして、情状酌量の余地がある。

なら味方にした方がお得だよね♪

……なんていうブリジット王女の心の声が聞こえてきそうだ。

「はっ。今更、王族に従うなんてこと、できるわけないだろう」

「俺達は王族ってやつが大嫌いなんだよ」

「そうだそうだ！　俺達は自由に生きる、なににも縛られることはない！」

「でも、誇りは守ることができるよ？　大事な人達に胸を張ることができるよ？」

「「「……」」」

ズバリ核心をついた言葉に、盗賊達は途端に言葉を失う。

「追放されたんだよね？　なら、王族を嫌うのも仕方ないと思うけど、でも、だからって盗賊はどうかな？　それ、本当に後悔しない？」

「そ、それは……」

「いつか、自分の人生を後世に語る時が来たら、どうするの？　盗賊をやっていました、って伝えるの？　自分の子供には？　その子供にも？」

王族は嫌い。自由に生きる。

その結果が盗賊だとしたら、彼らは両親や子供に自分の姿を見せることはできない。盗賊に堕ちたところなんて、見せることはできない。

でも、軍人に戻れば？

危険は増えるだろう。しかし、確かな誇りを得ることができるのだ。俺は正しいことをしていると、まっすぐ前を向くことができるのだ。

「とりあえず、最初は傭兵っていう契約でどうかな？　で、あなた達が納得してくれたら、正式に王国の軍人として雇う。もちろん、不満があるのなら途中で抜けても構わない。でも、また盗賊をやるのは勘弁してほしいな。その時は、今度こそ厳罰にしないといけないから」

「……俺達に情けをかける、っていうのか？」

「うん」

「ちっ、安っぽい同情なんて……」

「同情に安いも高いもないよ。相手の気持ちに寄り添うこと、それが同情。私は、あなた達のこ

「……」

とがかわいそうだと思う。だから、手を差し伸べたい。これ、間違っているかな？」

間違っていない。

ブリジット王女は、助けたいから助ける。優しさから行動しているだけなのだ。

同情されて怒る人もいるが……それはプライドを傷つけられたからだろう。

でも、俺に言わせればそんなものがどうした、だ。

プライドを守るために差し伸べられた手を跳ね除けるなんて、バカげている。

安い同情だとしても、相手は気にかけてくれている。それを忘れてはいけない。

俺も幼馴染と絶縁して、それから追放されて……そんな身だからよくわかる。

「……少し考えさせてくれないか？　考えをまとめたいのと、みんなの意見もまとめたい」

盗賊のリーダーらしき男がそう言った。

「オッケー。私達、ちょっと二週間ほど出かけるから、その間に決めてくれると嬉しいな。あ、それまであなた達の処分は待ってもらうように言っておくから、そこは安心してね」

「……感謝する」

すぐに受け入れることはできないのだろう。

それでも、考えることを捨ててはいない。

……もしも彼らが味方になったら、とても頼もしいかもしれない。

ふと、そんなことを思うのだった。

◇

予想外のトラブルに巻き込まれたものの、盗賊達を駆けつけてきた騎士団に引き渡した後、俺達は移動を再開した。

今度はトラブルが起きることはなくて、予定の一週間で目的の村に到着した。

村は山間の自然豊かな場所にあった。

山の斜面に沿うようにしてぶどうが栽培されている。村の中央にワインを加工する工場があって、小さいながらも活気にあふれている。

村のワインは王国の特産品として数えられるほど。

故に、ブリジット王女が定期的に視察を行っているらしい。

「うん、問題なしだね！」

村に到着して、初日の夜。

宿としている家の一室で書類をまとめ終えたブリジット王女は、にっこり笑顔に。

盗賊に襲われるというトラブルに遭遇したから、もしかしたら村も……なんて恐れがあったのだけど、それは杞憂だった。

村になにも問題はない。ワインの生産量も上々だ。

「そんなわけで……はぁあああああ、疲れたぁあああああ……」

ばたん、とブリジット王女はソファーに寝た。

「大丈夫ですか？」

「あんまり大丈夫じゃないかも……スケジュールが押した分、一気に視察を進めたから、めっちゃ疲れたよぉ」

寝たままぐぐっと伸びをする。

「んー……なんか、このまま寝ちゃえそう」

「寝るのなら寝室に移動してください。それと……」

「それと？」

「ワインをいただいていますが、どうしますか？」

ワインのボトルを差し出す。

村の特産のワインだ。

ぜひブリジット王女に、と村人達からもらったものだ。

「飲みますか？」

「いいの!?」

「今日はすごくがんばっていたので」

「ひゅー、アルム君わかるぅ♪　じゃあ、一緒に飲もう」

「え？　いえ、私は……」

「一人で飲んでもつまらないよー。ぶーぶー。王女命令です、私の晩酌に付き合うこと！」

「……わかりました」

苦笑しつつ頷いて、ブリジット王女と一緒に酒を飲むことになった。

◇

ブリジット王女は酔うと、どうなるのか？

絡み酒？　それとも泣き上戸？

正解は……

「アルム君はここ。はーい、一名様ごあんなーい」

いつかの再現のように、ソファーで強制的に膝枕をされてしまう。

そのまま、よしよしと頭を撫でられる。

「んー、アルム君、いい子いい子。いつも私やみんなのためにがんばってくれて、偉いなー。よしよし♪」

ブリジット王女は酔うと、とことん甘やかすようになるみたいだった。

「えっと……ブリジット王女。私は執事で、あなたは王女。こういうことは……」

「だーめ」

「え？」

「今は、ブリジット、って呼んでちょうだい♪」

「いえ、それは……」

「名前で呼んでほしいなー」

「そ……」

「名前で呼んでほしいなー」

「し……」

「名前で呼んでほしいなー」

ダメだ。

こちらがなにか言おうとする度に言葉を被せられてしまう。

「……ブリジット」

「うん♪」

ものすごく嬉しそうな顔をされてしまう。

そのまま、俺の頬に手を添える。

「ずっとこうしていたいね」

「そうですね……」

「あ、やっぱり今のなし。これだけじゃ足りないかな」

「え？」

「はむ」

「ひぁ!?」

突然、耳をぱくりと咥えられてしまう。

「あはは、ひぁ、だって。かわいいなー、もう♪」

「ちょ、ブリジット王女、それはさすがに……」

「呼び捨てにしてくれないとダメー」

「うぐっ」

そのまま甘咬みされて、舐められてしまう。

「な⁉　なにを……」

「ふふ、慌てちゃって可愛いなあ、もう。でも、まだまだ。こんなものは序の口だよ？」

「え」

「今日はいっぱいいーーーっぱい、甘やかしちゃうんだから♪」

「う、うあああああぁ⁉」


その後……なにが起きたのか、それは秘密にしておく。

ただ、

「あああぁぁあああぁぁぁ……私のばか、ばかばかばか、ばかぁあああああっ！！！」

しばらくの後、我に返ったブリジット王女は顔を真っ赤にして悶絶することになった。

◇

「不審者？」

視察が終わり、さあ王都へ帰ろう……というところで、気になる話を得た。

「……うん……」

相手は村の女の子だ。

「この前、村の近くにまっくろな人がいたの……すごいこわい感じで、うぅ……」

その時のことを思い出して怯えているらしく、少女はうまく言葉を紡げない様子だ。

ここまでの恐怖を抱くということは、よほどのことだ。

そんな報告は受けていない、子供の言うこと……と切り捨てることは簡単だ。

ただ、この子は勇気を振り絞り話をしてくれたのだろう。村の大人達は見間違いだろうと信じてくれず、俺達も信じてくれないかもしれない。

それでも……と、がんばって話をしたのだろう。

「詳しく教えてくれませんか？」

「お兄ちゃん、信じてくれるの……？」

「ええ、もちろんですよ」

「ありがとう！」

女の子が笑顔で抱きついてきた。

「むっ」

なぜか、ブリジット王女が鋭い目になった。

「どうしたんですか？」

「べーつにー……」

「……王女様、もしかして、私がお兄ちゃんにくっついたから怒っているの？」

「ち、ちちち、違うからね⁉」

ものすごく動揺していた。

そんなブリジット王女に、女の子はにっこりと笑いかける。

「なら、お姉ちゃんもいっしょにぎゅってしよう？」

「え？」

「いっしょに、ぎゅー！」

「そ、そうだね……うん。仕方ないなあ、そんなに強く言われたら断れないなあ」

強くは言っていないと思うのだが……

「はい、アルム君。ぎゅー！」

「ぎゅー♪」

「えっと……勘弁してください」

二人に左右から挟まれて、俺はすぐに降参してしまうのだった。

「ふむ」

女の子から聞いた情報をまとめると、以下の通りだ。

数日前、村の近くの森に見知らぬ黒装束の男がいた。

女の子は特別目が良いため男に気がついた。

後日、男のいた場所に行ってみたが足跡一つ残っていなかった。

その後、男を見かけることはないが、嫌な感じが消えないという。

「アルム君、この話、どう思う？」

「その男の姿や状況からすると、他国のスパイという可能性が高いですが……」

どうしてこの村に？

こう言うのもなんだけど、この村に戦略的な価値はない。

国境に近いものの、王都から馬車で一週間もの距離がある。それに砦などもないため、村を落としてもまるで意味がない。

強いて村の価値を挙げるならワインだ。村のワインは貿易でも利用されるほどで、各国で高い人気を得ている。

「でもさでもさ、ワインが理由でスパイを放つ理由なんてないよね？」

「そう。国交を結んでいれば、いくらでも買えますね。いえ、なくても買えますね。王国からワインを輸入した他国に赴いて、それを手に入ればいい。多少、手間ではありますが」

「じゃあ、ワインが欲しい、独占したいからスパイを放っていた、っていう線はどうかな?」

「ワイン作りのノウハウを盗むんですか?」

「ううん、村を奪ってワインを作らせるの。そのための偵察」

「さすがに、そんなバカな考えをする人なんていませんよ」

「だよねー、バカすぎるもんねー」

~Another Side~

「王国にある村を落として、そこにあるワインを独り占めするわよ!」

バカがいた。

その名は、リシテア・リングベルド・ベルグラード。

帝国の皇女だ。

「王国のワインって美味しいけど、数が少ないのが難点よねぇ。あちらこちらに輸出しないで、帝国にだけ卸せばいいと思わない?」

「はい、皇女様のおっしゃる通りかと」

「でしょう? だから、ワインを作っている村を奪えば、問題は全部解決すると思わない? ワインをたくさん作らせるの」

「しかし、王国と開戦することになるやもしれず……」

「平気よ。偶然、所属不明の部隊が村を襲って、彼らがそこで手に入れたワインが偶然、帝国に流れてくる。偶然よ♪」

「なるほど、さすがでございます」

実際のところ、そんな言い訳が通るわけがない。帝国軍が王国の村を襲撃して占拠した場合、それは宣戦布告に等しい。

いや。

宣戦布告なしに領土に侵入して村を攻めるのだから、侵略になる。最悪だ。事が露見すれば、各国からの激しい非難は免れないだろう。

下手をしたら、帝国対複数の国家、という戦争が起きる。

しかし、その答えに辿り着くことができない。

リシテアという皇女の限界というか、底の浅さが知れる発言だった。

「とはいえ……最近の軍はだらしないから、ちょっと心配なのよね」

「皇女様の懸念はもっともかと。ですので、徴兵をして、戦力を五倍にしておきました」

「おー、やるじゃん♪」

実際のところ、まったくやらない。

立て続けに事件が起きて、帝国の内政はガタガタだ。そんな状況で強制的な徴兵が行われれば、民の反感を買うに決まっている。

しかも徴兵を強化すれば働き手が減り、あらゆるものの生産力が減って国力は衰退、さらに内政がズタボロになる。

皇女の新しい執事がしたことは、むしろ『最悪』な手だった。

それを褒めてしまうあたり、リシテアの頭の具合もうかがえるというもの。

「んー……なら、完璧に成功させるためにも、あたしが同行するわ」

「え、皇女様が？」

「そう、この天才的なあたしが陣頭指揮を執るの。それなら絶対に負けることはないでしょう？

それに、兵士達を鼓舞することもできる。一石二鳥っていうやつよ」

「素晴らしいアイデアです！」

こちらも最悪のアイデアだ。

よほどのことがない限り、皇族、まして女性が戦線に参加するなどありえない。確かに鼓舞は可能ではあるが、間違って戦死でもしたら最悪すぎる。

それに、皇女が参戦することで言い訳ができなくなってしまう。村を襲っているのは帝国軍である、と証明することになるからだ。

そのことに気づかないあたり、やはり、ダメダメな皇女であった。

「じゃあ、さっそく準備をしてちょうだい。スパイから集めた情報を基に、村に攻め込むわよ」

こうして、底の抜けた桶のような脳を持つ皇女によって、王国の侵略が決定された。

6章
本当の決別

「……マジですか」

ついついそんな執事らしかぬ言葉がこぼれてしまう。

女の子が見たというスパイらしき人物が気になり、村に滞在する期間を延ばした。

こちらもスパイを放ち、情報を集めて整理したところ……帝国軍の一部がこの村に向かっているとの情報を得た。

その数は千人ほど。

帝国軍全体から見たら極小規模ではあるものの、辺境の村に向ける戦力としては過剰すぎる。

最初は威力偵察か、脅しなどを考えていたのだけれど……情報が集まるにつれて、戦いを仕掛けてくる可能性が高いことを知る。

もちろん、帝国からの宣戦布告なんてない。良好とまでは言わないけれど、かといって、開戦するほど両国の仲は悪くないはずだ。

それなのに、いったいなぜ……？

「アルム君、ちょっとまずいかも……王都に援軍を要請しているんだけど、準備を急いでも到着までに二週間はかかるみたい。さすがに、こんなことが起きるなんて予想外すぎて……」

「いえ、仕方ないと思います。しかし……対する敵は一週間もあれば村に到着する、か」

「……ごめん。普段は平和な国だから攻撃なんてありえないと思っていて、判断が遅れた……」

「ブリジット王女のせいではありませんよ。俺だって、こんなバカな攻撃を仕掛けてくるなんて思っていませんでしたから」

宣戦布告なしの侵略。なにが目的なのかわからないが、そんなバカなことをしたら、下手したら帝国は終わるぞ？

もしかして、この件にもリシテアが関わっているのだろうか？　彼女の命令で、この村を占拠しようと……いや、まさかな。

わがままでどうしようもない幼馴染だけど、ここまでアホではないはずだ。

……違うよな？

「王はなんて？」

「連絡は取れて、色々と動いてくれているみたいだけど、やっぱり、時間が足りなくて……それにまだ国外にいるから、まともに動くことが……」

「援軍は期待できない。外交による解決も難しい……厄介ですね」

こうなると打てる手は限られてくる。

第一に考えなければいけないのは、村人達の安全だ。通常は一週間もあれば他の街に避難させることができる。

しかし、今は護衛が圧倒的に足りていない。まともに戦えるのは俺と、王女の護衛の騎士数人だけ。これだけで百人を超える村人を守り切ることはできない。

攻めるよりも守る方が圧倒的に難しい。

途中、盗賊や魔物などに遭遇したらアウトだ。絶対に犠牲が出てしまう。

「失礼」

会議に同席する騎士が挙手した。

「その……無責任な発言になってしまうのですが、アルム殿ならば千人の敵を迎え撃つのは可能ではありませんか？　もちろん、我々も力の限りを尽くしますが……」

「……できないことはありません」

「「できるの⁉」」

ブリジット王女を含めて、なぜか驚かれてしまう。

いや、質問をしてきたのはそっちだろうに。

「執事として、イベントの設置を手伝うことも多々ありましたからね。その経験を活かして、大勢の人を捌くことには慣れています」

「それと戦闘はまったくの別問題ではないかと……」

「ダメだよ、ダメ。アルム君を常識で測ろうとしたら、私達の方がおかしくなっちゃうよ……」

「それもそうですね……」

酷い言われようだった。

「ただ、援護が必要です」

「援護……ですか？」

「魔物が相手なら、なにも考えず、全力で暴れることができます。連中は知能が低いため、戦術を組み立てられませんからね。でも、人間が相手だと違います。戦術を組み立てて向かってくるため、一筋縄ではいきません。同じ千だとしても、こちらの方が圧倒的に難しいです」

「故に、援護が必要ということですか……なるほど」

「でしたら、我々はアルム殿の力に……」

「……どれだけうまくいったとしても、犠牲が出てしまいます」

報告を受けてから今に至るまで、数百パターンの策を考えた。

しかし、どれも援護をしてくれる騎士に犠牲が出てしまうという結論に。

「自分が思い描く策は、あなた達騎士を犠牲として初めて成り立つものです。そんなものは……認めたくありません」

「……アルム殿……」

「とはいえ、どうしたものか……」

逃げることはできない。立ち向かうことも難しい。

かといって、降伏はありえない。

困り果てた時、

「「アニキ！　姉御！」」

なんて？

妙な声が家の外から聞こえてきた。

会議室にしている家から出ると、ここに来る途中、襲ってきた盗賊……元帝国軍人達がいた。

「君達は……」

「事情は聞きました。俺達の力を役に立ててください！」

彼らは王都に連行されていたが……人数が人数なので移動に時間がかかっていた。

そこをブリジット王女の伝令が追い越す形になり、今回の事態を知ったらしい。

その時までブリジット王女の提案を受け入れるかどうか迷っていたが、帝国軍のありえない行動を聞いて、祖国を見限ることにした。そして、騎士達を説得して、駆けつけてくれたという。

「おぉ……まさか、こんな熱い展開が待っているなんて。やばい、激アツだよ」

「ブリジット王女、正規の手続きなしに彼らを雇用することは問題ですが、しかし……」

「うん、大丈夫。わかっているよ」

俺が問いかけたがブリジット王女は不敵な笑みを浮かべて、元帝国軍人達に向き直る。

「諸君らに問う！　我らが敵とするのは帝国だ。しかし、諸君らは元帝国軍人……祖国を敵とする覚悟はあるか⁉」

「「「はい！」」」

「よろしい。しかし、これは血を得るための戦いではない。民を守るための戦いだ。奪うのではなくて守る……それは、己の命も含まれている。そのことを理解しているか⁉」

「「「はい‼」」」

「ならば共に戦おう！　本来、戦争に大義なんてものはない。正義もない。しかし、今回は違う。

なんの罪もない村人とその故郷を守るために戦うのだ。これが正義と言わずなんと言う？　故に、諸君らは全力で戦うといい。この私、フラウハイム王国が第一王女、ブリジット・スタイン・フラウハイムが見届けようではないか！！！」

「「「はいっ‼」」」

「共に血を流し、涙を流そう！　その果てに得られるものは、人々の笑顔と平和だ。だがしかし、それこそがかけがえのない報酬である！　故に、私は立ち向かう。悪に立ち向かう。徹底的に！　行くぞ、諸君！！！」

「「「おぉおおおおぉ‼」」」

実に堂々とした演説だ。

元帝国軍人達……そして、護衛の騎士達の戦意は限りなく高められた。それだけではなくて、王国の騎士達の士気も最高潮に達していた。

さすがだ。俺ではこうはいかない。

ブリジット王女……俺は、あなたに仕えることができてよかった。

今、心の底からそう思っている。

◇

作戦を練り。

戦いの準備を進めて。

そして、帝国軍との激突が明日に迫る。

「ふぅ」

宿にしている家の庭に出て一息つく。

この家は小高い丘の上に建っていて、村を一望できる。

穏やかな村の光景は消えて、即席のバリケードがあちこちに作られて、物々しい雰囲気がある。

決戦は明日。

できる限りのことはしたが、どうなるか……

「アルム君」

振り返ると庭の真ん中にブリジット王女がいた。

寒そうにしていたため、俺は急いで駆け寄ると、こんなこともあろうかと持ち歩いていたケープを彼女の肩にかけた。

「まだ起きていたんだ」

「明日のことを考えると、なかなか眠れなくて」

「アルム君でも緊張することがあるんだね」

「もちろんですよ」

明日行われるのは、決闘などのルールに則った戦いではない。

戦争だ。

敵味方、共に被害が出るだろう。死者も出てしまうだろう。

「援軍のおかげで勝算が出てきました。でも、必ず勝てるわけではありません。勝てたとしても、ある程度の被害が出てしまうでしょう……おそらくは犠牲者も。それを考えると……」

「ごめんね、無神経なことを言ったかも。アルム君でも、なんて……」

「気にしないでください。本来、今の俺が間違っているのですから」

執事が主を心配させてはならない。どんな時でも、なにがあろうとも、どっしりと構えていなくてはいけないのだ。

それができない俺は、まだまだ未熟者なのだろう。

「私、期待しすぎていたのかな？　プレッシャーになっていたのかな？」

「そのようなことは……」

「でも……それでも、あえて言うね。アルム君なら大丈夫」

ブリジット王女はにっこりと笑う。

それは本当に優しい笑みで……今、この空に浮かんでいる月のようだった。

静かで、優しくて。

そっと隣で見守ってくれるかのような、そんな笑み。

「どんなことがあっても、アルム君なら乗り越えられるよ。絶対に」

「しかし……」

「大丈夫、アルム君は一人じゃないから」

ブリジット王女がそっと俺の手を握る。

「私がいるよ」

「……ブリジット王女……」

「ううん、私だけじゃない。ここまでついてきてくれた騎士、新しく仲間になった人達、村の人達……みんながいる。だから大丈夫、絶対にハッピーエンドを掴み取ることができるよ」

不思議だ。

ブリジット王女の言葉を聞いていると、それ以外の結末はありえないように思えてきた。

「すみません、立場が逆になってしまいました」

「逆？」

「ブリジット王女も不安なはずなのに……俺が励ますべきなのに」

「そんなこと気にしないで。助けられてばかりじゃなくて、アルム君の力になりたいの。こうして言葉をかけるしかできないけど……それでも、なにかしたいの。だって、私は……」

ブリジット王女はじっとこちらを見つめてきた。

その瞳は熱っぽく、潤んでいるように見える。

「……ううん、なんでもない」

そっと、ブリジット王女の手が離れた。

「ねえ、約束してくれる？」

「約束ですか？」

「明日、無茶をしないで。絶対に無事に帰ってきて」

「それは……」

難しい約束だ。

明日は戦争となる。俺だって死んでしまう可能性はある。

「いつかのスタンピードの時のように……ダメ？」

「できるなら約束をしたいですけど、しかし……」

「よし、じゃあこうしよう」

なにを思ったのか、ブリジット王女は身につけていた宝石がついていないシンプルで、銀細工の綺麗な指輪を外して、それを俺の小指につけた。

「それ、お祖母様の形見なんだ。子供の頃から大事にしているの。私が小さい頃、まだお母様が生きていた頃にそれをもらったんだ」

「ま、待ってください。そのような大切なものを……」

「お守りとして貸すから、それを返しに来てね？　絶対に、だよ？」

「……ブリジット王女……」

「約束を破ったらダメだよ？　というか、これは命令ね。明日は必ず生きて帰り、その指輪を私に返すこと。いい？」

「……はい」

頷いて、ブリジット王女の前に膝をついた。

「その命、必ず果たすことを約束いたします」

「よろしい♪」

ブリジット王女はゆっくりとかがみ、

「……ん……」

そっと、俺の頬に唇を触れさせた。

「え、いや……」

「ふふ、これはおまじないだよ♪」

「……ありがとうございます」

ブリジット王女の頬はほんのりと赤い。

たぶん、俺も似たような顔になっているだろう。

～Another Side～

「じゃあ、私はそろそろ寝るね」

「はい、おやすみなさい」

私はアルム君と別れて、部屋に戻る。

ベッドに横になって、

「ああああああああああぁ⁉」

悶えた。

ごろごろ。

ばたばた。

とにかく悶えた。

「やりすぎた⁉　やりすぎたよね⁉　アルム君を励ましたいとは思っていたけど、でも、ほっぺに、ち、ちちち……ちゅー、とか……あわわわわわ⁉」

とんでもなく恥ずかしくなり、枕を両手で抱えて顔を埋めた。

そして、うーうーと唸る。

「……でも、あの時は、ああすることが正しいというか、そうしたいと思ったというか……うー、なんだろう、この気持ち？」

その夜……私はなかなか眠ることができないのだった。

◇

夜明け。

ついに帝国軍が進軍を開始した。

斥候からの詳しい報告によると、敵は二手に分かれていた。

村を制圧するための侵略部隊に五百人。屈強な肉体を強靭な装備で包んでいる。

その後方に本陣が設営されていて、そこを守るための兵士が五百人。同じく完全武装で、皇女の身に指一本触れさせまいと息巻いているという。

戦力を半分に分けてはいるものの、侵攻部隊は陣形を組んでいない。

そこには策もなにもない。単純に真正面から叩き潰してやる、という敵の意志を感じる。

実のところ、それで正解だ。圧倒的な戦力差があるため小細工なんて必要ない。

この場合、相手に抵抗する間を与えず、一気に叩き潰すのが最善だ。

ただ、それは通常の場合に限る。

この村には俺達がいる。

思い通りにいかないことを思い知らせてやろう。

～Another Side～

「あー……めんどくせえな」

侵略部隊に配属された帝国軍兵士が、標的の村に向かって森の中を突き進みながらぼやく。

「なんで俺達、無敵の帝国軍が、こんな辺境の小さな村を落とさないといけないんだ？　わざわざ俺達が出る必要はないよな。冒険者や傭兵に任せておけばいい」

「ま、そう言うな。今回の作戦は秘密裏に行われているからな、旨味はあるさ」

「っていうと？」

「そうだな……例えば、国際条約で禁止されていることをしてもバレることはない、とか」

「略奪して金をいただいてもいいわけか？」

「女を抱いてもいいさ」

「……悪くないな」

「……悪くないだろう？」

二人の会話は他の兵士にも聞こえていた。

しかし、彼らを咎める者は現れない。

上官に報告する者もいない。

つまり、そういうこと……兵士のほとんどが似たような考えを抱いている。

「よっしゃ、やる気が出てきたぜ！」

「最近はご無沙汰だったから、若い女を抱きたいな」

「お前の好みは若すぎるからなあ。言葉通り、まだガキじゃねえか」

「いいだろ、好きなんだから。ああいうのを屈服させるのがたまらないのさ」

などとゲスな会話をしていた時、

「魔物だ⁉　魔物が現れたぞっ！」

悲鳴が響き渡る。

「魔物だって⁉　バカな、なんで村の近くで……」

「大変だ、王国軍も現れたぞ！」

「おい、こっちは罠だらけだ⁉」

悲鳴が悲鳴を呼ぶ。

魔物に襲われて。

王国軍の旗に囲まれて。

その上で、単純な落とし穴から、紐に引っ掛かると矢が飛んでくる手の込んだものまで、複数の罠を踏んでしまい。

兵士を率いる将軍が落ち着くように声をかけるものの、それは届かない。

完全に油断していたため、寝起きをいきなり殴られたようなものだ。パニックに陥るなという方が無理で、悲鳴と混乱が重なり、さらなるパニックを誘発していく。

幸いにも命を落とす兵士は今のところいない。

しかし、こんな状況では戦力を無効化されたに等しい。

そして、

「今だ！」

迷彩柄の布を被り近くに潜んでいたアルムの合図によって王国軍が現れ、ボロボロになった帝国軍にトドメを刺す。

◇

「うまくいきましたな」

「ええ」

俺は王国の騎士と一緒に、目の前の成果に満足する。

人間は戦術を立てることができるが、その代わり相手に手の内を読まれる可能性がある。

しかし魔物に戦術なんて言葉はないため、手の内を読まれることがなく相手を翻弄することが可能だ。

この一週間、俺は村の近くに潜む魔物にケンカを売り回っていた。

そうして魔物の動きを誘導し、このタイミングで、帝国軍と遭遇して激突するように調整した。

それと、大量にある王国軍の旗はダミーだ。村人達に協力してもらい作ったもの。

この一週間で急ごしらえしたものなので、よく見れば偽物とバレてしまう。

しかし、魔物に襲われてパニックになっている帝国軍にその判断をすることはできない。大量の王国軍が現れたと勘違いする。

最後にトラップゾーンに追い込んで、敵の指揮系統を完全に崩壊して、混乱の極みに落としたところで各個撃破だ。

敵の被害は甚大で、しかし、こちらの被害はごく軽微。

「それにしても……凄まじいですね」

王国の騎士が目の前に広がる惨状を見ながら言う。

「なにがですか？」

「五百の帝国軍を、たった数十で翻弄できるとは思いもしませんでした。アルム殿の策は本当に素晴らしいですね。ここまでとは思っていませんでした。武の才能だけではなくて、まさか、智も兼ね備えているとは」

「褒めすぎですよ。今回は、たまたまうまくいっただけです」

「たまたまなのでしょうか？　アルム殿ならば、それを偶然ではなくて必然にすることが可能に見えますが」

「俺はただの執事ですからね。本当は、戦闘は専門外です」

「専門外でコレですから、しっかりと取り組んだらどれだけすごいことになるか……いやはや。本当に恐ろしい」

　騎士は苦笑していた。

　うーん。

　謙遜をしているわけではないのだが。

「とにかく、あなたが敵でなくてよかった。そして、味方であることがとても頼もしい。一緒に戦えることを光栄に思います」

「俺もです。それに、安心してください。俺は元帝国民ですが、今は王国の民です。帝国に味方するということは絶対にありえません。そして……」

　ブリジット王女から託された指輪にそっと触れる。

「彼女を裏切ることは絶対にありません」

～Another Side～

「はぁ⁉　侵略部隊が壊滅したぁ⁉」

戦線から離れたところに設置された本陣にいるリシテアは、部下がもたらした報告に大きな声をあげて驚いた。

小さな村を攻め落とすだけの楽な戦いだったはずだ。

村を守る自警団がいるだろう。もしかしたら、王国軍も滞在しているかもしれない。

しかし、今回は奇襲を仕掛けたのだ。

敵が守りを固めるヒマなんてなかったはず。五百の軍からの攻撃を防ぐことはできないはず。

屈強な帝国兵が軟弱な王国兵に負けるなんてありえない。

それなのに壊滅したなんて……

「……なんて無能なのかしら！」

バキリと、リシテアは手に持っていた扇を折る。

「どいつもこいつも……ああもうっ、本当に役に立たないわね！」

「こ、皇女様、我々はどうすれば……」

「突撃なさい」

「え？」

「聞こえなかったの？　突撃よ」

　リシテアは折れた扇を捨てて、補佐官を睨みつける。

「残りの五百で突撃しなさい」

「し、しかし、その五百は皇女様を守るためのもので……そもそも近くに魔物がいて、村にはたくさんの王国軍が……それに罠も」

「そんなもの関係ないわ。数で圧倒しなさい。全て踏み潰すのよ」

「そのようなことをすれば、我が軍も大きな被害を……」

「だから？」

　リシテアは冷たく返した。

　氷のような視線を補佐官にぶつけ、迷うことなく言い放つ。

「あんた達の命なんてゴミカスに等しいの。そんなもの、気にしても仕方ないでしょう？」

「……ぅ……」

「皇女である私の命令は絶対よ。残りの五百で絶対に村を落としなさい。村人にはなにをしても構わないわ。ただし、ワインは無傷で。あぁ、それと製法を知る者は残しておきなさい」

「し、しかし、そうしたらここの守りが……」

「うるさいわねっ！」

「ひぃ⁉」

　リシテアは近くに置かれていた小瓶を投げつけた。

小瓶が割れて、中に入っていたポーションが散る。

「敵をぜーんぶ叩き潰せば問題ないでしょう？　なんでそんな簡単なことがわからないの？　バカなの？　というか、あたしの命令に疑問を唱えるとか、笑えるんだけど。あんたは、黙ってあたしの言うことを聞いていればいいの。わかった？」

「は、はい……」

「なら、行きなさい。死ぬ気で敵を倒してきなさい。でないと、あたしが殺すわ」

◇

「アニキ、敵の無力化、完了いたしました！」

「ありがとうございます」

策がうまくハマり、五百の帝国軍を蹴散らすことができた。

一人ずつ丁寧に捕縛している時間はない。狩りで使う網とトリモチを被せて、雑ではあるが動けないようにしておいた。

「アニキ、次はどうしやすか⁉」

「アニキ！」

「えっと……その前に、そのアニキっていうのやめてくれません？」

元帝国軍で、今は新しい王国軍の兵士達は目をキラキラさせて言う。

俺のことはアニキ。ブリジット王女のことは姉御。

妙な慕われ方をされてしまったみたいだ。

「侵略部隊がやられたことで、敵は警戒を強くするでしょう。普通に考えて、態勢を立て直すために防備を固めるはず。その間に、こちらも態勢を整えて……」

「敵、こちらに突撃してきます！」

「えっ」

慌てて村に繋がる道を見ると、土煙が上がっているのが見えた。

それは、残り五百の兵士の突撃によって起きているものだ。

「ここで突撃するとか……バカなのか？」

ついつい、そんな声が漏れてしまう。

こちらの策はまだ生きている。無策で突撃すれば同じことを繰り返すだけ。

それとも、この短時間で新しい戦術を組み立てて、こちらの策を突破する自信が……？

「……いや、それはないか」

見た感じ、単純に突撃をしようとしているだけだ。

特に警戒した様子はなく、深く考えている様子もなく、一直線に村に向かっている。

即席の見張り台に登り、それを確認することができた。

「ふむ？」

しかしよく見てみると、敵は必死の形相だ。数は圧倒的に上のはずなのに悲愴感が漂っている。

まるで、敵陣に死神が現れて、それから逃げているかのようだ。

「敵の表情が気になりますね」

「表情……ですか？　えっと、どのような顔を？　自分は見えず……」

同じく見張り台に上がってきた兵士が首を傾げる。

「あれ、見えないんですか？」

「見えませんよ。まだ、キロ単位で離れていますからね？　それが見えるなんて、無茶苦茶な視力は持っていません。まあ、アニキなら別でしょうけど」

「人を化け物みたいに言わないでください。俺は普通の人間ですよ」

「普通……ですか」

「目が良いとしたら、それは執事だからでしょうね。主のために、視力を鍛えることも時に必要になりますから」

「執事の万能感、すげえっす。俺もアニキみたいになれますかね？」

「なれますよ。志を抱いた時から、すでにその人は執事ですからね」

「いえ、その……俺は執事ではなくて、アニキのような強い人に……まあ、いいです」

なにを言いたいのだろう？

「それで……アニキ、これからどうしましょう？」

「……敵を蹴散らすことに変わりありません。ただ」

「ただ？」

「ここ、少し任せていいですか？」

～Another Side～

「で……戦況は？」

本陣のテント内に設置されたベッドに寝転びつつ、リシテアは補佐官にそう尋ねた。

「現在進軍中でして、情報の収集を……」

「は？　まだ制圧していないの？」

「え」

「死ぬ気でやりなさい、って言ったわよね？　なのにまだ制圧できていないっていうことは、死んでもいいってことよね？　そうなのよね？」

「い、いえ、それは……」

「一人一人が死ぬ気で相手を殺す。ってか、実際に刺し違える。そうすれば勝てるでしょ？　五百が数十人と相打ちすればいいだけ。帝国軍は残るでしょ」

「そ、そんな無茶苦茶な……」

「ちっ」

リシテアは舌打ちをする。

どいつもこいつも使えない。あの無能のアルム以下ではないか。

これじゃあ生きている価値なんてない。帝国に戻ったらクビ……追放……いや。

適当に罪を作り、処刑してしまおう。

「とはいえ……」

なぜか知らないが、最近の帝国は人材不足だ。人が足りないと文官や将軍達が嘆いている。

そんな中で軍人を全て処刑したら、さすがに大変になることはリシテアも理解していた。

だから、彼女は斜め上の解決法を考える。

「……そうね。人手不足なのは雑用をやる人がいないからなのよ。つまり、あの無能のせいね」

アルムに雑用を押し付けていたことを詫びるわけではなくて。

追放したことを後悔するわけでもなくて。

「決めた、アルムを連れ戻すわ。あいつ、あたしに惚れているだろうから、帰ってきていいと言えば泣いて喜ぶだろうし……ふふ、仕方ないわね。また使ってあげますか」

ひたすらに自己中心的な考えを示して、アルムをいいように利用することに対して、まったく罪悪感を抱かない。

それがリシテアという少女だった。

「そうと決まればさっそく……」

「皇女様‼」

いつの間にか消えていた補佐官が、いつの間にか戻ってきた。

「なによ、うるさいわね」

「お逃げください、敵がすぐそこに……」

「敵？　なにを……きゃあああっ!?」

瞬間、爆撃が本陣を吹き飛ばした。

◇

本陣を護衛する兵士達はこちらの策にハマり、混乱状態に陥っていた。

これなら問題ないとさらに進軍する。一緒に来たいくらかの味方に現場を任せて、俺はさらに敵陣の奥へ。そのままの勢いで本陣を爆撃する。

「火よ、我が意に従いその力を示せ。ファイアクリエイト！」

本陣と思われる大きなテントが吹き飛んだ。

あわせて、周囲にいた護衛らしき帝国軍兵士達も吹き飛ぶ。

よし。これで帝国軍の指揮系統は壊滅した。

ここからの逆転はありえない。王国軍の勝利だ。

「いたたた……なによ、これ」

壊れたテントから一人の女の子が這い出てきた。

忘れたくても忘れられない顔。

耳にこびりついて離れてくれない声。

それは……

「リシテア……？」

「アルム？」

どうしてこんなところにリシテアが？

まさか、今回の侵略はリシテアが考えた？

でも、そんなバカなこと、どうして？

あれこれと考えてしまい思考が停止してしまう。

その間にリシテアは立ち上がり、

「あら、殊勝な心がけね。自分から戻ってくるなんて、初めて褒めてあげてもいいと思ったわ」

不敵に笑いつつ、意味のわからないことを言った。

「えっと……なんのことだ？」

「もう一度、あたしに仕えたくて戻ってきたんでしょう？　わざわざこんな場所まで追いかけてきたんでしょう？　ふふんっ、その心がけは褒めてあげてもいいわわ。グズのくせによくやったわね」

なにを言っているんだ、この女？

こんなところにいたのは謎だけど、その言動はもっと謎だ。なにをしたいのか、なにを言いたいのかさっぱりわからない。

「さあ、あたしのところに戻ってきなさい。もう一度、あたしが飼ってあげるわ」

「断る」

「……今、なんて？」

即答すると、リシテアは頬を引きつらせた。

彼女の考えていることはさっぱりわからないが……妙な勘違いをされても困るため、きっぱり、はっきりと言う。

「君のところに戻るなんてありえない。イヤだ。絶対にない」

「なによ、それ！　アルム、あんたはあたしのものなのに逆らうつもり⁉」

「君のものになった覚えは一度もない。俺は、俺のものだ」

「……生意気よ」

ダンッ、とリシテアは地面を強く蹴る。

「生意気、生意気、生意気……！　アルムのくせに生意気よっ‼」

鋭く睨みつけてくるものの、もう彼女に恐怖を覚えることはない。従う意味もない。

というか……なんだか哀れに思えてきた。

なんでもかんでも自分の思うように物事が進んでいくに違いない。自分の考えていることが正しく、他は全て間違い。世界は自分を中心に動いている。

そう信じて疑わず、人を駒としか見ていない。

幼馴染の俺でさえも。

そんな彼女はとても滑稽で哀れだ。

かつての甘い感情が湧いてくることはない。幼馴染としての情も消えた。

目の前にいるリシテアは、人の形をした『なにか』にしか見えない。

「リシテア、君は哀れだな」

「なんですって……？」

「君はなにも変わっていない。自分の気持ちを押し付けるだけで、相手のことをまったく考えない。心は一方通行だ。そんなことが続いたら誰にも愛されなくなる……いずれ一人になる」

「なっ……⁉」

「なんで相手のことを考えない？　ほんの少しでも理解しようとしない？　少しでも寄り添うようなことをしていれば、それさえしていれば、俺は……」

リシテアの幼馴染でいられたのかもしれない。

今も君の隣に立つことができたのかもしれない。

かもしれない、を考えても仕方ないのだけど、でも、切なくて寂しくて、どうしても考えずにはいられなかった。

ああ、そうか。

俺はリシテアと決別したつもりで、しかし、彼女を捨てることができていなかったみたいだ。

心のどこかで、もしかしたらまた、と考えていたのだろう。

「……でも」

もう終わりにしよう。

これ以上はダメだ。

俺のためにも……そして、彼女のためにも。

本当の意味で決別しないといけない。

「リシテア」

「な、なによ……」

俺の様子がいつもとまったく違うことに気づいたらしく、リシテアが怯んでいた。

そんな彼女をまっすぐに見て、静かに告げる。

「俺はもう、過去を振り返らない。リシテアのことを気にかけることはない。改めてになるけど……俺とリシテアはもう他人だ」

「な、なによ……なにマジになっちゃっているのよ。どうせ、あたしのところに戻ってくるんでしょ？　あんたなんか、他に行くところはないんだから」

「ある」

「え」

「俺の居場所はすでにある。そして、それはリシテアの隣じゃない」

「そ、そんなこと……」

なぜかリシテアが動揺していた。

これは……あれだろうか？　自分のおもちゃが他人に取られると不快になるのと、似たような感じなのだろうか？

「俺と君は赤の他人だ。もう二度と関わらないでほしい」

「そ、それは……」

「それと、軍を引いてくれ。これ以上続けるのなら……君を殺す」

「ひっ⁉」

本気の殺気をぶつけると、リシテアはその場に膝をついた。

「なによ、それ……あたしは……アルムは、あたしの……」

ぶつぶつと呟いている。

『物』である俺に拒絶されたことがよほどショックだったのだろう。立ち上がれないでいた。

ざまあみろ、とか。

いい気味だ、とか。

そういう想いはない。

ただただ虚しい。

「リシテア、軍を引いてほしい」

「……イヤよ」

「リシテア、君はまだ……」

「あたしはっ！」

リシテアが立ち上がり、こちらを睨みつけてきた。

「このあたしが、そんな無様なこと、できるわけないでしょ‼」

「……まだそんなことを」

「そもそも、アルム、あんたはあたしのものよ！　あたしのものなのよ⁉　だから、あたしのところに……」

「ううん、違うよ」

鋭く、強い声が割り込んできた。

振り返ると、ブリジット王女の姿が。

「ブリジット王女⁉　どうしてここに⁉」

「ごめんね、アルム君。ものすごーく気になったから、こっそり来ちゃった。てへ♪」

いやいやいやいや。

てへ、じゃないから。

「なにかあったら、どうするつもりだったんですか？」

「だいじょーぶ。アルム君が助けに来てくれるって信じているから」

「……それ、ずるいです」

そう言われたらなにも言えなくなってしまうではないか。

「さてと」

ブリジット王女はそれ以上はなにも言わず、ツカツカとリシテアのところに歩いていく。

「な、なによ、あんた」

「……」

「あ、よくみれば王国の小生意気な姫じゃない。でも、どうしてこんなところに……」

「……」

「ちょっと、アルムとどういう関係なの？　答えなさいよ！　このあたしが命令しているのよ！」

「……」

ブリジット王女は無言のまま、リシテアの前に移動した。

そして、にっこりと笑い……


パシィーーーンッ‼


リシテアの頬を平手で張る。

「……へっ？」

リシテアは呆けた表情で、張られた頬に手をやる。

手の跡がはっきりと残っていた。

「っ……こ、この……！！！」

ややあって、リシテアがわなわなと怒りに震える。

自分がなにをされたのか、ようやく理解できた様子だ。

「なっ……なにすんのよ⁉　今、あたしを叩いたわね⁉　パパにもママにも叩かれたことないの

に……あたしを誰だと思っているの⁉　あたしは……」

「知っているよ。帝国の皇女様だよね？　……で、だからなに？」

普段の様子からは考えられないほど、ブリジット王女の表情はとても怖い。

凍るような眼差しをリシテアに向けている。

「私ね、怒っているんだ。大事な民を傷つけようとして……それだけじゃなくて、アルム君に酷いことをして、今も酷い言葉を浴びせて……アルム君はあなたのおもちゃじゃないんだよ？　アルム君はアルム君なの。なんで、それがわからないかな」

「うるさいわね！　後からしゃしゃり出てきて、生意気言ってるんじゃないわよ！　あたしは帝国の皇女よ！　そこのグズをどうしようが勝手でしょう‼」

「ほんと、話が通じないね。困った人」

ブリジット王女は、今度はにっこりと笑う。

今、この状況で笑顔を見せるというのは、妙な迫力があって怖い。

「私、あなたのことはどうでもいいの。ただ……」

「な、なによ……？」

「今後、二度とアルム君に関わらないで」

「う、うるさいわね。そんなこと、あなたに決められる筋合いはないわ」

「あるよ」

即答だ。

「あなたは、アルム君だけじゃなくて、王国の民を傷つけようとした。関係ないなんてこと、ない。ものすごく関係があるの」

「な、なによ……民がどうなろうと、知ったことじゃないでしょ。あんな連中、あたし達の踏み台になるためだけに生きているんだから」

「それ、本気で言っているの……？」

「本気に決まっているじゃない。嘘ついても意味ないでしょ」

「そう……」

　ブリジット王女は、再び冷たい表情に。

　怒りを抱いて……ただ、同時に呆れてもいる様子だ。

「民がいてこその国。それをないがしろにしたら、絶対に自分のところに返ってくる。それが理解できないあなたは、王族失格だね」

「なっ……!?」

「ううん、民だけじゃない。大事なはずの執事のアルム君もおもちゃのように扱った……そんな人が誰かを傍に置く権利なんてない。アルム君と一緒にいる権利なんてない」

「ふ、ふざけないで！　じゃあ、なによ。あんたなら、その権利があるっていうの!?」

「少なくとも、あなたよりは」

「……っ……」

　即答されて、リシテアは言い返すことができない様子だった。

「私は、民と同じくらいアルム君のことを大事に想っている。道具扱いするあなたとは違う……一緒にしないで、不愉快よ」

ここまで強い怒りを見せたブリジット王女は、初めて見た。

思わず震えてしまうほどに恐ろしいのだけど……でも、その怒りは俺や民のためだ。

だからこそ、同時に嬉しいとも感じた。

「そういうわけで、さようなら。アルム君、行こう?」

「はい」

ブリジット王女の後についていく。

そんな俺の背中にリシテアの声が。

「まって、アルム！　あたしは、あんたを……」

「……」

応えることはなくて。

振り返ることもなくて。

俺は、そのまま、ブリジット王女と一緒にその場を後にした。

◇

……その後。

リシテアは茫然自失とした様子で、従者に連れられて帝国に引き上げていった、と聞いた。その際、戦闘で倒した帝国兵達も引き取ってもらった。

帝国の蛮行の証拠を押さえておいてもよかったのだけど……それをやると、かなりの確率で王国と帝国は開戦してしまう。

それはまずい。王国に戦争をする体力は、まだない。

なので、表向きはなにもなかったことに。ただ、裏ではしっかりと賠償を要求する、という流れになったのだ。

王国に平和が戻り……そして、今回の件でリシテアは責任を追及されて、帝国はさらに荒れていくことになる。

ただ、それはまた別の話。

◇

事件を解決して、城へ戻り。

いつもの日常が戻ってきた。


「ふんふーん♪」

執務室でいつものように仕事を終わらせたブリジット王女は、鼻歌を歌いつつ本を読む。

最近、王都で流行っている恋愛小説だ。琴線に触れるものがあるらしく、時折、きゃーとか黄色い悲鳴をあげている。

かと思えば、「うわうわ、そこまでいくの……？」とか驚いている。

今日の分の執務は終わっているので、なにをしても問題はない。

それはいい。

それはいいのだけど……

「あの……ブリジット王女？」

「んー、なに？」

「どうして俺が膝枕をしているんですか？」

ブリジット王女は、ソファーに座る俺の膝に頭を乗せて寝て、その状態で本を読んでいた。

ニヤニヤとした視線がこちらを捉える。

「なになに？　恥ずかしい？　照れちゃっている？」

「いえ、別に」

「即答……私、悲しい……」

「それで、どうしてなんですか？」

「先のワイン視察で起きた一連の出来事の処理が明日から本格的にスタートするから、すごく忙しくなるだろうし、今日のうちに英気を養っておきたいなー、って。だから、アルム君に甘やかしてほしいの！　王女様の命令は絶対！」

「絶対ですか。なら、仕方ないですね」

「あ……無理をさせるつもりはないよ？　嫌ならそう言ってね」

途端に不安そうな顔になる。

時折見せる、こういう子供っぽいところも彼女の魅力なのだろう。

俺は苦笑しつつ膝枕を続けて、そっとブリジット王女の頭を撫でる。

「うひゃ」

「なんで悲鳴をあげるんですか？」

「本当に甘やかされるとは思っていなくて……いいの？」

「問題ありません。主の心のケアも執事の役目です」

「……ありがと」

おそらくは初めての戦場。大勝したものの、こちらにもいくらかの被害が出た。

その苦しみ、悲しみが消えていないのだろう。

ならば俺は、できる限りのことをするだけだ。

「んー……気持ちいいかも。もっと撫でて？」

「はい。こうですか？」

「いいね。すごくいい感じ」

「ブリジット王女に鍛えられましたからね」

「アルム君は私が鍛えた、ドヤッ」

そこで得意そうにされても。

「ところで……その指輪、よく似合っているね」

「これ、本当にいただいてもよろしいのでしょうか？」

リシテアと戦う前にお守りとして預かった指輪。

戦いの後に返そうとしたら、「あげる♪」と言われてしまった。

「いいよ」

「しかし、大事なものなのでは？」

「そうだね。でも、アルム君の方が大事だから」

「……ブリジット王女……」

「それと、マーキングのようなものかな？　ほら。私の指輪をつけていることで、アルム君は私のもの、っていう感じ」

「言いたいことはわかりますが、マーキングという言葉はちょっと……」

犬を連想してしまうので勘弁してほしい。

「ねえねえ、アルム君。もっと撫でて？」

「こうですか？」

「んー……もうちょっと、愛情を込めて」

「愛情と言われても……」

「私のこと嫌い？」

「そんなことは絶対にないです」

「なら好き？」

「……よくわかりません」

俺の初恋は少し前に完全に終わったばかりなのだ。

すぐに次の恋に、というわけにはいかないだろう。

「そっか。ならよし」

「いいんですか？」

「わからないなら、私にもまだチャンスはあるっていうことだからね。そのうち振り向かせてみせるよ？」

「ポジティブシンキングですね。というか、そういう口ぶりだと、まるで俺のこと……」

「ふっふっふっふ、さて、どうでしょう？」

ブリジット王女はニヤニヤと笑う。

こちらの反応を見て楽しんでいるのか、あるいは……

「……でもさ」

ふと、ブリジット王女が憂いのある顔になる。

そっと窺うようにこちらを見た。

その瞳はどこか幼い。いたずらをした子供が親に怒られるのを恐れているかのようだ。

どうしてそんな顔をするのだろう？

「アルム君はこれでよかった？」

「え？」

「本当にこれでよかった？　私のところで……王国に来てよかったと思う？　本当は帝国に戻りたいとか思っていない？」

「そのようなことは……」

「……ごめんね。私がアルム君を連れてきたのに、こんな質問をして」

ブリジット王女は体を起こして、俺に背中を見せた。

その表情はわからない。

ただ、不安そうに声が揺れている。

「なんだかんだ、アルム君の故郷は帝国だから。そこから引き剝がすようなことをして、本当によかったのかな、ってたまに迷っちゃうんだ」

「ブリジット王女でも迷うんですね」

「迷うよ、もちろん。私だって、女の子なんだよ？」

「十分に理解しています」

「むー、本当かな？」

「それと……少しの間、失礼を許してください」

「え？　……ひゃっ」

ブリジット王女を後ろから抱きしめた。

びくんと震えたが、抵抗する気配はない。俺を受け入れるかのように、そっと手を重ねてくる。

「私はなにも気にしていません。というか、ブリジット王女には感謝しかありません」

「本当に……？」

「本当ですよ」

証拠を示すかのように、そのままブリジット王女を抱きしめた腕に少し力をこめる。

「王国に来られてよかったです。ブリジット王女に出会うことができて、本当によかったです。あのまま帝国にいたら、きっとおかしくなっていた。あなたに助けてもらった。いや……」

恩を感じているものの、でも、それだけじゃない。

他にも感じていることがある。

それを知ってもらいたいと思い、途中で台詞を変えた。

「私は今、生きがいを感じているんです」

「生きがい……？」

「はい。あなたに出会うことができて、最高の主を見つけることができて。帝国にいた頃には、こんな気持ちになることはできませんでした」

「……アルム君……」

「だから、ブリジット王女に出会うことができた運命に感謝しています。あなたの隣にいることが私の幸せです」

「……もう」

ブリジット王女はそっと振り返る。

笑顔だった。向日葵のように、明るく綺麗な笑顔だ。

この笑顔を守りたい。

ずっと隣で見ていたいと、心の底から思う。

「それ、殺し文句っていうやつだね」

「そうでしょうか……？」

「そうだよ。キュンってきちゃったもの。まったく」

ブリジット王女は苦笑した。

それから、そっと俺の頬に手を伸ばす。

「これからも一緒にいてくれる？」

「もちろん」

「よかった。その返事を聞くことができて、ものすごく満足。それにしても……」

じっと見つめられてしまう。

「アルム君のおかげで、私も変わることができたかも。今まで以上に、物事を前向きに捉えることができるようになったよ。一国の王女を変えちゃうなんて、アルム君は本当に規格外だね。いったい何者なのかなー？」

「それはもちろん、決まっています」

答えは一つだ。

「執事ですが、なにか？」

7章 戻ってきた日常

〜Another Side〜

私の名前は、ブリジット・スタイン・フラウハイム。

フラウハイム王国の第一王女だ。

今は国を空けているお父様に代わり、政務を行っている。

国王の外遊中、本来なら、宰相などがその仕事を代行するべきかもしれない。しかし、宰相は本来の仕事が忙しく、比較的時間の空いていた私が担当することに。

王族にしかできない公務があることも理由の一つだ。

ちなみに、お父様の政務を代行するのはこれが初めてだ。

正直なところを言うと、プレッシャーを覚えていた。時々、押し潰されそうになっていた。

私の判断一つで、国が、騎士が、民の生活が大きく変わってしまうかもしれない。その責任を考えると、プレッシャーが半端ない。

でも、それを表に出すことは許されない。

心配をかけてしまう、という話ではなくて。上に立つ者は、王族は堂々とあるべきなのだ。

優柔不断な姿を見せていたら周囲を不安にさせてしまい、また、疑心を招いてしまう。

だから私は、私らしく立派であろうとした。

どんな時でも笑顔を忘れず。にっこりと笑い、皆を元気にして。それでいて、きっちりと仕事をこなす。

大丈夫。

辛いなんてことはない。苦しいなんてことはない。

だって私は、みんなの『向日葵王女』なのだから。

だから平気。笑顔でいることなんてへっちゃら。なにも問題はない。

……なにもない。

そんな時、アルム君と出会った。

「無茶苦茶な出会いだよね……ふふ。今思い返すと、逆に笑えてくるかも」

盗賊に襲われていたところを助けてもらった。

最初は凄腕の冒険者だと思っていたら、実は執事だったという意外すぎる答え。

助けてもらった恩返しというのもあるのだけど……この人に一緒にいてほしい、と思わせるなにかがあった。

ある意味で一目惚れだ。

私の誘いを受けてくれて、アルム君は私の専属執事になった。そして、規格外の能力を発揮して、ありとあらゆる面でサポートをしてくれた。

アルム君がいなかったら、私は、毎日毎日遅くまで仕事で忙殺されていただろう。

それだけじゃない。

色々な不備を正してくれた。未然に危ないところを指摘してくれた。事故が起きても、みんなを助けてくれた。

私だけじゃなくて、この国そのものが助けられた、と言っても過言じゃない。

「知っているかな？　私は、アルム君がいるから本当の意味で笑うことができるんだよ」

今までは無理をしていた。

王女だから王女らしくあらねばならない。そう自分に言い聞かせて、そして、笑顔もそれらしく作ってきた。

でも……アルム君と一緒にいる時は自然に笑えた。心からの笑みを浮かべることができた。

それがなぜなのか、理由は今もよくわからない。

彼のことが好きだから？

「うーん……好きといえば好きだけど、でも、これが恋なのかどうか……うーん」

私は王族だ。

将来は、国を継ぐか、あるいは他所の王族……それに近い大貴族と結婚すると思っていた。

どちらにしても未来は定められている。だから、恋について考えたことがない。

恋を知らない、わからない。

胸がぽかぽかする。自然と目でアルム君を追いかけてしまう。よくわからないけどアルム君に触りたくなってしまう。

……などなど。

よくわからない感情、現象に襲われているけど、やはり、それが恋なのかどうかわからない。

恋ってなに？

「でも……」

恋かどうか、それはさておいて。

アルム君にも笑ってほしい。心からの笑顔を見せてほしい。

アルム君は帝国で酷い目に遭った。

先の戦いで、決着をつけることができたみたいだけど……でも、心は傷ついているはず。

私が助けられたように、今度は私がアルム君を助けたい。彼の力になりたい。

そして、一緒に笑いたい。

「……アルム君……」

彼の名前を口にすると、私は自然と笑顔になる。胸の奥が温かくなる。

アルム君も、こんな気持ちになったら嬉しいな。

そして、いつも、ずっと一緒に笑顔でいたいな。

「よし！」

そのためにがんばらないと。

「やるぞー、えいえいおー！」

◇

「ねえねえ、アルム君♪」

「なんですか？」

「海とかどう思う？」

「海ですか？　小さい頃に何度か行ったことありますが、いいですよね」

「だよね、だよね？　灼けるように熱い砂浜、キラキラと輝く太陽、押し寄せては返っていくさざ波。うんうん、海は最高だよね♪」

「そうですね」

「じゃあ、今から海にレッツゴー！」

「ダメです」

即答だ。

「なんで⁉」

「なんでもなにも……まずは、その仕事を片付けてください」

ブリジット王女の執務机の上に大量の書類が積み重ねられていた。本人の姿が隠れて、見えなくなってしまうほどの量だ。

これは全部、帝国と戦ったことの後処理だ。

先の事件は、互いに表沙汰にしない方がいい。

ただ、そのために色々と密約を交わして、交渉を重ねて……結果、ブリジット王女の仕事量がいつもの百倍くらいになっていた。

「ひーん、片付けても片付けても減らないよぉ……」

「こちら、追加です」

ドサッと、さらに書類の山を築いた。

「鬼！　悪魔！　こんなに私を苦しめて、アルム君は酷いよ！」

「えっと……申しわけないとは思いますが、しかし、最終確認はブリジット王女にしていただくしか……」

「はぁ……うん、わかっているよ。ごめんね。ついつい泣き言をこぼしちゃった」

「いえ、気持ちはわかります」

文字通り、山のような書類を前にしたら泣き言の一つや二つ、こぼしたくなるだろう。

俺だってうんざりしてしまう。

もちろん俺も手伝っている。

しかし、あまりに量が多すぎて作業が追いついていないのが現状だ。

「私も最大限手伝うので、がんばってください」

「終わったら、ご褒美くれる？」

「なにがいいですか？」

「んー……美味しいスイーツでも食べに行こうか♪」

「了解です」

「よーし、やる気出てきたー！　がんばるぞ！」

◇

夜。

ブリジット王女を私室に送り届けて、部屋を出る。

「すぐに寝ていたな……やっぱり、相当疲れているんだろう」

リシテアのアホな侵略に巻き込まれて。

その後処理で、いつもの百倍近い仕事に追われて。

ブリジット王女はとても優秀だけど、さすがに限界がある。

この調子だと、仕事が終わるまで一ヶ月はかかってしまうだろう。

「よし、俺もがんばるか」

◇

一週間後。

「やっ…………………と終わったぁああああ！！！」

最後の書類を片付けたブリジット王女は、両手を上げてガッツポーズ。

やったー！　と何度も叫んでいる。

「お疲れさまです」

「あー、ありがとう！」

紅茶を淹れると、ブリジット王女は笑顔で口をつけた。

「はふぅ……アルム君の淹れたお茶、めっちゃ美味しい。染み渡るぅ～」

「少しおじさんっぽいですよ？」

「めっ。そういうことは、思っていても言わないの」

「すみません、つい本音が」

「王女に対する敬意はどこに⁉」

「いつでもこの胸に」

「まあ、アルム君はそういうところもアルム君らしいよね。ふぅ……でも、終わってよかったぁ、ホント疲れたぁ」

ブリジット王女は椅子に座ったまま、ぐぐっと上半身を伸ばした。

よほど疲れが溜まっているらしく、表情にも疲れがにじみ出ている。

「アルム君もお疲れさま。今回も色々と手伝ってくれて、ありがとう♪」

「いえ、それが私の仕事ですから」

「それにしても……」

　ふと、ブリジット王女が怪訝そうな顔に。

「なんだろ？　途中から仕事がものすごくやりやすくなったんだよね。アルム君がいつもすごく丁寧にわかりやすくまとめてくれているんだけど、それ以上にわかりやすかったというか……なんだろ、あれ？」

「ああ、それは私がやりました」

「え、アルム君が？」

「このままだと一ヶ月くらいかかりそうだったので、今まで以上に書類を精査して、より細かく要点をまとめておきました」

「おー、だからあんなにもわかりやすくて、仕事が捗ったんだ。ありがとう、アルム君」

「いえ、ブリジット王女の専属執事として当たり前のことをしただけです」

　あれ？　と、ブリジット王女が不思議そうに小首を傾げた。

「今まで以上に時間をかけた、っていうことだけど、そんな時間あったっけ？　私もアルム君も、朝早くから夜遅くまで作業をしていたよね？」

「はい。なので、寝る時間を削りました」

「そこまでしてくれたんだ……あーもう、本当にありがとう。でも、どれくらい睡眠時間を削ったの？　一時間くらい？」

「全部です」

「……はい？」

ぽかーんと、妙な顔をされてしまう。

はて？　俺はそこまでおかしなことを言っただろうか？

「え、え。待って待って？　それじゃあ、アルム君は徹夜していたの？」

「はい、そうですね。それくらいしないと終わらなかったので」

「うわぁ……そ、そこまで、徹夜までさせていたなんて……」

「正確に言うと、七徹ですね」

「七徹ぅ⁉」

仕事終わりとは思えないほど大きな声が出たぞ。

「七徹って……一週間、ずっと全部仕事をしていたの？」

「さすがにトイレは行っていましたよ」

「……ご飯は？」

「食べながら仕事をしていましたね」

「それを一週間？」

「そうですね」

「百六十八時間？」

「はい」

「マジ？」

「マジです」

ブリジット王女はあんぐりと口を開ける。

それから、ものすごい勢いで頭を下げてきた。

「ごめんなさいっ！」

「え？　ど、どうしたんですか？」

「私のせいで、アルム君にそんな負担をかけちゃっていたなんて……ああもう、本当に自分が情けない。せめて気づこうよ、私」

「気にしないください。執事は主のために働くことが当たり前なのです。それに、七徹は執事にとって大したことありませんので」

「いやいやいや、思い切り大したことあるからね？　ブラック国家……というか、それを超えてダークマター国家だよ、もう！」

ふむ？

ブリジット王女がそこまで慌てて、申しわけなさそうにする理由がわからない。

帝国にいた頃は、徹夜なんて日常茶飯事。七徹もざらで、最多、十四徹というのもあった。

リシテア曰く、

『あたしのために働くことができるんだから光栄に思いなさい！　働く時間＝楽しい、っていうことになるんだから、嬉しいでしょ？　嬉しいって言いなさいよ、ねえ』

ということ。

「あの皇女は、本当にもう……！」

ブリジット王女が今まで見たことのない恐ろしい顔に。

「まあ、帝国時代の影響もありますが、それだけではなく、私自身が望んでしたことですから」

執事が主に尽くすのは当たり前のこと。

そして俺は、それに生きがいを感じている。

相手がブリジット王女なら尚更だ。

「その気持ちは本当に嬉しいんだけど、もうちょっと自分を大事にしよう？　いくらなんでも倒れちゃうよ？」

「大丈夫です。これくらいで倒れるような軟弱者ではありません。執事なればこそ、これくらいは成し遂げて当然です」

「どうしよう。アルム君の中の執事の基準がおかしすぎる。いや、前々からおかしいとは思っていたけどね？　まさか、ここまでとは……」

「ブリジット王女、別に私は……っ？」

ふと、体に違和感を覚えた。

仕事が無事に終わり、気が抜けたのだろうか？　一気に体が重くなってきた。

ブリジット王女の声が遠い。

「あれ？　アルム君？」

ブリジット王女が心配そうにこちらを見る。

でも、その顔がかすんでいく。

いけない。主に心配をかけるわけにはいかない。

すぐに笑顔を……

「アルム君⁉」

抗えないほどの強烈な睡魔がやってきて、俺の意識はそこで途切れた。

◇

「……んぅ……」

気がつくと、妙に豪華なベッドに寝ていた。

俺の部屋じゃない。ここはどこだ？

体を起こそうとして、

「うっ……」

激しい目眩に襲われてしまい、再び枕の上に戻ってしまう。

「あっ⁉」

視線を動かすと、すぐ近くにブリジット王女がいた。

慌てた様子でこちらを覗き込んでくる。

「アルム君、起きた⁉　大丈夫⁉」

「えっと……いったい、なにが……」

「アルム君、風邪を引いちゃったんだよ。それで倒れて……」

風邪？

心当たりはある。七徹目の半ばくらいから、妙に体が重くなっていた。

王国に来て以来、七徹はもちろん普通の徹夜もしていなかったから、体がなまっていたのかもしれない。

まいったな。

七徹しても問題ないくらい、鍛え直さないと。

「倒れちゃうから、ものすごく慌てたんだよ。それで、私の部屋のベッドに運んだの」

「それは……大変失礼しました。すぐに……」

「ダメ、ダメだからね⁉　まだ熱がすごくあるんだから！　さっき測ったら、四十度を超えていたよ⁉」

「問題ありません。執事なら、四十五度まで耐えられますから」

「それはもう人間の限界を超えているよね⁉」

「帝国にいた頃、熱を出した時は、気合でなんとかしろと言われていたので。あと、体調不良は甘え。自己管理できない自分の責任、とも」

「そんな典型的なブラック国家を参考にしないで……ああもう、とにかくアルム君はここでおとなしくしていること！　これは王女命令だよっ」

「……わかりました」

そう言われたら逆らうことはできない。

正直、体が重く、あまり頭も回らない。

素直に休ませてもらうことにした。

「それで……スープを作っているんだけど、食べられそう？　薬を飲むにしても、なにかお腹に入れておいた方がいいから」

「えっと……少しなら大丈夫です」

「よかった。ちょっと待っててね」

ブリジット王女は暖炉で温めていた鍋をベッド脇のテーブルに置き、スープを皿によそう。

そして、ふーふーと冷ましてからこちらの口元に差し出してきた。

「はい、あーん」

「いえ、あの……自分で食べられますが」

「あーん」

「えっと……」

「あーん」

「……あーん」

圧と粘り強さに負けて、スープを飲んだ。

「どう……かな？」

「もしかして、これ、ブリジット王女が？」

「うん。城の料理長に頼んで、教えてもらいながら作ったから、壊滅的にまずいってことはないと思うんだけど……」

「美味しいですよ」

とても温かい卵スープだ。

味付けはシンプルに塩のみ。でも、出汁がきいているし、卵の旨味を最大限に引き出していると思う。

それにほどよい熱さで、食べていると体がぽかぽかと温まってくる。生姜など、いくらかの体にいい香味野菜も入っているのだろう。

これなら風邪を引いて弱っている時でも、たくさん飲むことができる。

「よかった、うまくいって」

「そんなことを言うということは、ブリジット王女は料理が苦手なんですか？」

「んー、どうだろう？　苦手というか、今まで作ったことがないから、わからない、かな」

そういえば、日頃の言動で忘れがちになってしまうが、彼女は王女だ。

自分で料理なんてするわけがない。

「なら、今回はどうして……」

「私がアルム君に無理をさせちゃったから、どうしても、私がなにかしてあげたくて……」

「……ありがとうございます。それなら、無理をした甲斐があったかもしれませんね」

「もう。無理をして倒れて、それを喜んだりしないで。私がどれだけ心配したか」

「申しわけありません」

ただ……今はこうして、ブリジット王女を独占している。

風邪を引いてしまったことは情けないが、でも、これはこれでいいかも、なんて悪いことを考えてしまう。

「早く元気になってね、アルム君」

「はい、がんばります」

「元気になるまで、私が看病するから」

「いえ、それは……」

「すーるーかーら！」

「……ありがとうございます」

圧に負けた。

◇

その後、俺は三日間の静養を取り……その間、ブリジット王女に看病をしてもらった。

おかげで完全復活。

彼女には感謝してもしきれない。

そう伝えると、

「なにいってるの？　私の方が、いっぱいいっぱい、いーーーーっぱい、アルム君に感謝しているんだからね♪」

なんて、笑顔で言われてしまうのだった。

◇

「やぁ」

夜。

風邪も完治して、いつものように一日の仕事を終えて自室に戻る途中、若い騎士に声をかけられた。

背は俺よりも高く、鎧を身につけていても体はしっかりと鍛えられているのがわかる。それでいてしなやかな筋肉が全身を覆っていて、とても高い身体能力を持つことが窺えた。

また、顔も綺麗に整っていた。街を歩けば、ほとんどの女性が振り返り、目を留めてしまうだろう。

美男子の騎士……絵になる人だ。

「君が、アルム・アステニアかな？」

「はい。あなたは？」

「僕は、騎士団第七部隊の隊長を務めるアルフレッド・イージスさ。今までは任務で王都を離れていたのだが、最近、戻ってきてね。気軽に名前で呼んでくれ」

「はぁ……では、アルフレッド様は自分になにか用でしょうか？」

「なに。王女を救い、辺境の村を救った英雄の顔を見ておきたいと思ってね。握手をいいかな？」

「えっと……はい、どうぞ」

差し出された手を握る。

すると、アルフレッドはなぜか落胆した顔に。

「剣ダコのない綺麗な手だね。それに腕も細い……やれやれ、君が王女を助けたというのはつまらないデマだったようだ」

「はぁ」

「大方、今の地位を得たいがため、つまらない工作をしたのだろうね。本当につまらないことをしてくれる。君のような男が王女の専属であることを、僕はとても不快に思う」

「……つまり、なにが言いたい？」

こうもあからさまに挑発されては、さすがに不愉快だ。

この男に丁寧語は必要ない。

そう判断して、やや強い口調で問いかけた。

「簡単な話さ。今すぐ王女の専属を辞めるがいい」

「なぜ？」

「なぜ？　なぜと問いかけたのかい？　そんなこと聞くまでもないだろう。金か脅しか。方法はわからないけれど、君は汚い手段を使い、今の地位を得た。そして、その地位を守るためにつまらない嘘をついている。そのような男が王女の専属にふさわしいわけがないだろう？」

ケンカを売られているのだろうか？

ただ、アルフレッドから強い敵意を感じることはない。

嫌がらせとかではなくて、本心からこんなことを考えていて、そして、こうすることがブリジット王女のためになると信じている様子だった。

なるほど。

自分の言うことが全て正しいと思う、『正義の味方』か。

「今なら穏便に済ませてあげよう。己の悪事がバレる前に手を引いた方がいい。なによりも困るのは、君自身だよ？　自身の力量を遥かに超える手柄を吹聴していたら、いざという時、困難に立ち向かうことができず、手痛い目に遭うことになるからね」

「悪いが、余計なお世話だ。俺はブリジット王女の専属執事を辞めるつもりなんて欠片もない。これからも、あの方の力になり、尽くす」

「ふむ。その言葉は立派だが……しかし、所詮は力なき者の戯言」

「なら、どうする？」

「今はなにも」

アルフレッドは不敵に笑う。

その笑みには自信があふれていた。

「ただ、この僕が帰ってきたからには、君の悪事はここまでだ。そう遠くないうちに正義の力で断罪されることになると予告してあげよう。それが嫌ならば、今すぐに荷物をまとめて出て行くことだね。はーっはっはっは！」

勝手に言い放ち、アルフレッドはどこかへ消えた。

◇

「うーあー……マジでごめん。ごめんなさい……めっちゃごめんなさい」

遅い時間ではあるが、アルフレッドの発言は看過できないと判断してブリジット王女の部屋に戻る。そして事の顚末を説明すると、ぱんと両手を合わせて謝罪されてしまう。

「いえ、ブリジット王女が謝ることでは……」

「いやー、部下の不始末は私の不始末。監督不行き届きで、なんかもう、ごめんとしか言えないよぉ……テヘ♪　でごまかそうとか、できるわけないよ。できないよね……とほほ」

今回のことはブリジット王女も予想外だったらしく、ものすごく驚いていた。

「そもそも、彼はいったい何者なんです？」

「騎士団第七部隊の隊長を務める、将来有望の若き騎士。実力は確かで、だからこそ若いけど隊長になることができた。できたんだけど……ちょっぴり思い込みが激しいというか、人の話を聞かないというか」

　あれがちょっぴりだろうか？

　まあ、ブリジット王女としても部下をかばいたい気持ちがあるのだろう。

「前々から、ちょくちょくやらかしていたんだ。人相が悪いっていうだけで、愛妻家の人をＤＶしているって決めつけて、問答無用で逮捕しようとしたり。おばあさんの荷物を持ってあげた若者を、泥棒と勘違いして逮捕しようとしたり」

「それ、大丈夫なんですか……？」

「ダメだよ、ダメ。アウト。めっちゃアウト。アルフレッドがやらかして、その度に私や他の騎士がフォローして……それでも一向に改善されないから、騎士の心を一から学び直してこい、っていうことで遠方に送っていたの。最近、帰ってくるっていうことは聞いていたんだけど、まさか、帰ってくるなりアルム君にいちゃもんつけるなんて……」

　そこでブリジット王女が悪い顔になる。

　光のない瞳で、ぶつぶつと静かに呟く。

「私のアルム君にケンカ売るとか、舐めているのかな？　舐めているよね？　いや、マジで許せないわ、これ。ライン超えたよ？　超えたよ？　王族の力、見せてあげましょうか。ふふふ、まずは徹底的に追いつめて、身も心も粉砕して……うふっ、ふふふ♪」

「いえ、あの……とりあえず落ち着いてください」

　ものすごく悪い顔で静かに笑わないでほしい。

悪の女幹部という感じでものすごく怖い。

「あっ、ごめんね。ついつい本音が」

「本音なんですね……まあ、それはともかく。これからどうしましょう？」

「もちろんアルム君は辞める必要なんてないよ。アルフレッドの言うことは気にしないで」

「かしこまりました」

「私からアルフレッドに言っておくけど……うーん、あの人、本当に思い込みが激しいんだよね。私が言っても聞かないこと多いから、どうしたらいいのやら……はふぅ」

「問題児なんですね」

「かなりの、ね」

ブリジット王女が苦笑した。

「さしずめ、アルム君をライバル視してる、っていうところかな？」

「……あのようなライバルは欲しくないですね」

「だよねー」

今度は俺も苦笑した。

「とりあえず、アルム君はなにも気にしないで、今まで通りでお願い。アルフレッドがなにか言ってきても、全部無視していいから」

「わかりました」

「あとは、アルフレッドがこれ以上の問題を起こさないように、というか誤解を解くために、なるべく早いうちにアルム君がすごいっていうことを理解してもらわないとだけど……うーん、どうしよう？」

悩みの種を持ち込んでしまい、申しわけない気持ちでいっぱいだ。

というか……アルフレッドという騎士は、これまでもブリジット王女を困らせていたのか。臣下がするべきことじゃない。

いざとなれば俺が対応するしかないか。

◇

あれから数日が経った。

ブリジット王女はアルフレッドと話をして、俺に対する認識を改めるように指導した。他の騎士もそれに賛同したらしい。

ただ、その成果は出ていない。

毎日のようにアルフレッドに絡まれて、「卑怯者である君は、人としての最低限の矜持を守るために、潔く専属を辞任するといい」と言われ続けていた。

俺は大して気にしていない。

ただブリジット王女はそうはいかないらしく、日に日に険しい顔になり、「こうなったら消すか？　消す？　ふふふ♪」という危ない呟きが多くなっていた。

本当になんとかしないといけない。

そうやって頭を抱えていた時、解決方法が向こうから提示された。

◇

「アルム・アステニア、僕は君に決闘を申し込む！」

話があると呼び出されて。

そして、大勢の人がいる城の広間で、アルフレッドは俺に手袋を投げつけてきた。

「決闘？」

「君は僕の慈悲を無視して、未だに王女の専属の座を降りていない。なんていう恥知らず、なんていう愚か者。あぁ、とても嘆かわしい」

「はぁ……」

「よって、君を排除することに決めた！　さあ、その手袋を受け取るがいい！」

そう促されるのだけど、迷ってしまう。

決闘が怖いわけじゃない。むしろ、この問題が決闘で解決するのなら話が早い。

ただ、そんな勝手をしていいものかどうか。

俺はブリジット王女の専属。それなのに勝手に決闘を受けたりしたら、下手をしたら王女の名が傷ついてしまう。

あの王女は好戦的な執事を専属にしているのか、とか。

相手を陥れるためによく使われる手だ。

「どうした？　まさか、決闘を受けないつもりかい？」

「いや、俺は……」

「なんていう……まさか、ここまでの腰抜けだったとは思わなかったよ。ある意味で尊敬するよ。君は、素晴らしい腰抜けだね。チキンハートと呼ぶべきかな？　そんなことで、よく今まで生きてこられたものだ。どうやら、運だけはいいようだ」

「「「……こいつ……」」」

何事かと駆けつけてきた兵士達が殺気立っていた。

まずい。

元帝国軍人で、ブリジット王女に拾われた者達だ。それと、スタンピードが起きた時、街を守ろうと奮起した兵士達もいた。

俺のことをちゃんと知っているから、代わりに怒ってくれているのだろう。

その気持ちはとても嬉しいけど、さすがに仲間割れはまずい。

「俺は……」

「アルム君、いいよ！」

するとそこにブリジット王女の声が飛んできた。

彼女も騒ぎを聞きつけて駆けつけたみたいだ。

「オッケー！　許可！　アリ寄りのアリ！　私がいいっていうから、いいよ！　アルフレッドの決闘を受けて、ぼっこぼこのめったためたのギッタギタにしちゃって！」

がるるる、と犬のように吠えていた。

そこまで怒らなくても……と思うのだけど、でも、やはり嬉しい。

彼女の怒りは、そのまま優しさに繋がる。

それだけ俺のことを考えてくれているのだ。

「かしこまりました」

俺は床に落ちた手袋を広い、アルフレッドを見る。

「決闘を受けよう」

「ようやく覚悟を決めたか。いや、逃げ道がなくなったと言うべきかな？　ここまでされて、しかも王女の前で断れるわけがないからね」

どうやら、ここにブリジット王女がやってきたのは偶然ではないらしい。

アルフレッドが手を回したのだろう。

でも、それは自分の首を絞める行為に他ならない。

「皆、聞いてほしい！」

アルフレッドは渾身のドヤ顔で語る。

「アルム・アステニアは愚か者である。確かな実力はなく、しかも知恵もない。それなのに卑怯な手でブリジット王女の専属となり、その座を守るために再び卑怯なことを繰り返していた。そのような輩を許せるはずがない！　僕はこの国の騎士であり、そして剣だ。この騎士の魂と誇りにかけて、彼に罰を与えることを誓おう！」

彼の演説に感銘する者はいない。

大半の者は怒りの形相を浮かべていた。

ブリジット王女もその一人だ。

そのことにまったく気づいていないで、アルフレッドはドヤ顔を決めている。なかなか濃い性格をしているようだ。

「ちょっと、アルム君！　なにか言い返して！　まずは口撃だよ！！！」

「いえ、その必要性を感じないので」

「どうして!?　あそこまで言われて悔しくないの!?」

「いえ、ですが……子犬がきゃんきゃんと吠えたところで、気にする人はいないでしょう？」

瞬間、場が沈黙に包まれた。

そして、爆笑。

「おいおい、アルフレッドを子犬扱いかよ！　やばい、傑作だ！」

「まあ、確かにアルムさんならそうなるよな」

「あれこれしていたのは知っていたが、ハナから相手にされていなかったんだな」

「なっ、なっ……!?」

ここにいる全ての人に笑われて、アルフレッドは顔を真っ赤にした。

なぜ笑われている？　なぜ自分の味方がいない？

状況をまったく理解できていない様子だ。

なるほど。

確かに、彼は思い込みが激しく、そして周りがまったく見えていない。

「くっ、ううう……け、決闘の日時は追って伝える！　いいか、逃げるなよ!?」

アルフレッドは逃げるように立ち去り、そんな彼の姿に、さらに爆笑が広がるのだった。

「あーっはっはっは！　はーっ、ダメダメ、面白すぎてお腹がよじれちゃう！　お腹痛い！　ダメ、すごく涙が出てきたかも」

「えっと……ブリジット王女？」

「ほんと、なんでアルム君が怒らないのか不思議だったんだけど、そっかー、犬かー。うんうん、子犬が吠えているのなら怒る必要はないよねー……ぷっ、あは！　あはははは！　ダメ、ホントお腹痛い！」

「あー……」

「見た？　今のアルフレッドの顔、見た？　真っ赤になって、それでいて泣きそうで……ホントやばい。もう、ほんとに苦しいくらい笑えて……はひゅっ!?」

「えっ」

「あっ、あああ……!?」

やばい!?

笑いすぎて過呼吸を起こしているぞ⁉

「ブリジット王女、しっかりしてください！　ブリジット王女⁉」

「あわわわ……」

その後、ブリジット王女笑いすぎて過呼吸を起こして死にかける、という事件が話題をかっさらい。

アルフレッドの痴態を上書きしてしまい、良い話題はもちろん悪い話題もなくなり空気のようになってしまい、それはそれで、さらに彼は可哀想なことになってしまうのだった。

◇

数日後。

城内にある騎士団の訓練場で、俺とアルフレッドの決闘が行われることになった。

円形の広場があり、それを囲むように観客席がとりつけられている。

武術大会なども行われるらしく、一般人も観戦可能になっているのだ。

「ふっ」

「きゃー、アルフレッド様ー！　素敵ー！」

「国に寄生する悪人を退治しちゃってください！」

「アルフレッド様なら一撃ですよ、一撃！　かっこいいところ、お願いします！」

アルフレッドが連れてきた、詳しい事情を知らない一般人が歓声をあげていた。

城内に自分の味方がいないと悟り、外から味方を連れてきたのだろう。

「やっちゃえー、アルム君！　ぶっとばせー！」

「姫、さすがにその言い方は……」

「えっと……おぶっとばしなさいませ！」

俺の応援は、ブリジット王女と顔見知りの騎士が数名だ。

みんな、仕事があるので仕方ない。

というか、仕事があるのにここに来ているブリジット王女はダメだろう。後で説教だ。

「やあ、よく逃げなかったね。その度胸だけは褒めてあげよう。結果のわかりきった決闘に出ることは素晴らしいと思う。まあ、他に褒められるところはないのだけどね」

いつものように、アルフレッドはナチュラルで上から目線だ。ついでに、息をするようにこちらをけなしてくる。

やめて、あまり煽らないで。

俺はまったく気にしないけど、ブリジット王女がものすごい顔になっているから。視線だけで人を殺せるような顔をしているから。

「では、ルールの確認をしよう」

審判役の騎士の立ち会いのもと、アルフレッドがルールを並べていく。

「武器は木剣を使用。魔法の使用は禁止。戦闘不能、または審判の判断、あるいは本人が降参したら勝負はそこで終わり。リングアウトも敗北とみなす。ふむ……ルールはこんなところかな？　なにか異論、質問はあるかい？」

「いや、問題ない」

「では、騎士の魂と誇りをかけた決闘を始めよう。言い忘れていたが、僕が勝った場合は、君にはブリジット王女の専属を辞めてもらう」

「俺が勝った場合は？」

「はははっ、そのような事態は万が一にもありえない。ありえない話をしても無意味じゃないか？」

「万が一が起きるかもしれないだろう？」

「やれやれ。未だ、相手との力量差が見抜けないとは。頭の回転の悪さと、諦めの悪さ。もはや醜い。せめてもの情けだ。その腐りきった性根を、この僕が直々に叩き直してやろうではないか！」

だから俺が勝った場合の……もういいか。

本当、人の話を聞かないヤツだ。

審判の騎士の合図で決闘が開始された。

「では……はじめ！」

「さあ、僕の華麗な剣技に溺れたまえ！」

開始と同時にアルフレッドが前に出た。

駆けた勢いを乗せて突きを放ち、それを起点として、連続攻撃を繰り出してくる。

右から左。上から下。

途中で体が跳ね上がり、縦横無尽に剣先が舞う。

剣撃の嵐と呼ぶべきか、かなり激しい攻撃だ。

俺はそれをかわしながら様子を窺う。

「す、すごい……あいつ、性格はとんでもないけど、剣の腕だけは確かなんだよな」

「俺、あの攻撃を防ぐ自信はないな……」

「俺も……速いだけじゃなくてパワーがあって、一撃一撃が重いから、防ぐことができたとしてもすぐに手が痺れてダメになるんだよな」

そんな騎士達の声が聞こえてきた。

それを受けて、アルフレッドがニヤリと笑う。

「どうだい、僕の剣は？　初撃で沈まないのは褒めてやるが、いつまで耐えられるかな？　ははははっ！　さあ、さらに加速するぞ！」

ふむ。

今のが本気ではない、ということか。

それは当然だよな。

「ま、まだ上があるのか⁉」

「やばい、このままではアルムさんが……！」

「もう遅い！　僕の攻撃は止まらない、悪を滅するまで止まることはないのさ！　さあさあさあっ、僕の前にひれ伏すがいい！　さあ、ここからどんどん速く、重くなっていくぞ！」

アルフレッドの剣撃はさらに速度を上げた。

風を斬り、音を置き去りにする。

その剣技に飲み込まれている様子で、観客達は驚いて、言葉を失っていた。

ただ、俺は特に気にしていない。

音を消してしまうほどの速さというが、見慣れている。小さい頃、両親に突き落とされた死の谷では、信じられない速さで攻撃してくる魔物がうようよしていた。

だから、アルフレッドの剣撃はみんなが言うほど速くない。

逆に遅い。とにかく遅い。

やはり、手を抜かれているのだろう。

「くっ……」

やがて、アルフレッドの顔に焦りの色が浮かぶ。

「な、なぜだ、なぜ当たらない⁉　こんなにも避けられるなんて……ありえない、こんなことはあってはならないぞ⁉　この僕が……！」

「そこだ」

カァンッ！

乾いた音が響いた。

それは、俺がアルフレッドの木剣を弾く音だ。木剣がくるくると宙を舞い、カランと広場の土の上に落ちる。

「止まったぞ」

「え？　あ？」

「攻撃、止まらないいんじゃないのか？」

「っ……！」

顔を赤くしたアルフレッドが、慌てて剣を拾う。

「本気じゃないいんだよな？」

「な、なに……？」

「今の攻撃、もちろん本気じゃないよな？　執事である俺が防ぐことができたんだ。どう考えても、手を抜いていたとしか思えないが……」

「そ……そうだっ、その通りだ！　い、いくら悪人でも、いきなり本気を出すのは可哀想に思ってな。そう、手を抜いていたのさ！」

「そうか、納得だ。あまりにも遅く、軽かったからな」

「は？」

「剣はあくびが出るほどに遅い。力も片手以下で十分。いくらなんでも手を抜きすぎだろう？本気で来い」

「ぐぅううっ……‼」

なぜか、アルフレッドの顔が再び真っ赤になった。

「……あのさ」

観客席のブリジット王女が、隣の騎士に話しかけるのが見えた。

「な、なんでしょう、王女？」

「アルフレッドの様子を見る限り、あれ、本気を出していたんじゃない？」

「え？　いや、しかし、アルム殿はああ言っておりますが……」

「アルム君だよ？　あのアルム君だよ？　アルフレッドの本気を、手加減されている、って勘違いしてもおかしくないんじゃない？　たぶん、二人の間にはそれくらいの差があるんだよ」

「あぁ……なるほど、その可能性はありますね」

二人が妙な会話をしているのがうっすらと聞こえてきた。

アルフレッドが手を抜いているというのは、俺の勘違い。彼は本気を出しているという。

いや、まさか。そんなことがあるわけがない。

だとしたら……

「あまりに弱すぎるじゃないか」

「しっ……ねぇえええええ‼」

なぜかアルフレッドがブチ切れていた。

大丈夫か？　血管、切れていないか？

この決闘、別の意味で心配になってきたな。

「コロスッ！　はぁあああああ！」

完全にキレたアルフレッドは、気合と共に魔力を迸らせた。それらを己の体に取り込み、身体能力の強化を図る。

「審判、あれは魔法を使っていることになるんじゃないか？」

「ええ、もちろん反則ですね。アルフレッド・イージス、あなたの負けです」

「うるさいっ、黙れ！」

「いえ、あなたは……」

「こんなところで終わってたまるか‼」

「あー……」

審判が困った顔に。

いざとなれば実力行使に出るか？　――そんな迷いを見せて、審判が腰の剣に手を伸ばす。

「このまま続行して構いません」

「え？　しかし……」

俺の提案に審判の動きが止まる。

「大丈夫です。続行でお願いします」

「……わかりました。試合、続行です！」

言ってもわからない相手には実力行使しかない。

俺も思うところがないわけではなくて……だから、お仕置きをしておこう。

「おおおおぉっ、これで終わりだぁあああああ‼」

魔力で身体能力を強化したアルフレッドが突撃してきた。さきほどの倍は速い。

剣で剣を受け止めると、圧も増えていた。

パワーも倍に増えた、というところか？

「す、すげえ……まさか、あのアルフレッドがこんな力を秘めていたなんて」

「俺、あの剣を十秒も受け続ける自信はないぞ……」

「同じく。たぶん、力負けして一瞬で剣を持っていかれるよな。あんな攻撃に耐えられるなんて、世界中を探してもいるわけが……」

観客が口々に話す声が聞こえてくる。

驚きで声が大きくなっていて、彼もしっかりと聞こえているようだ。

「そうだ！　本気を出した僕の剣を受け止められる者なんて、どこにもいない！　そう、僕こそが世界で一番の剣士であり、騎士なのだよ！」

さらに速度が増した。

魔力で強化された肉体から繰り出される斬撃は、重く速く鋭い。さきほどまでのアルフレッドの力を一とするなら、今は五くらいはあるかもしれない。

それでも俺は冷静に木剣を操り、攻撃を防いでいく。

受け止めて。あるいは流して。

防御と回避に専念した。

「……なあ、俺の目、おかしくなってないか？　アルム殿は、すでに一分以上もアルフレッドの攻撃を防いでいるような気がするんだが」

「奇遇だな、俺も同じ光景が見えているよ」

「おい、見ろよ。アルフレッドは息が上がり始めているのに、アルム殿は平然としているぞ」

騎士達が言うように、アルフレッドは息を切らし始めていた。

本気モードは長く続かないのだろう。

一方で俺は、特に変わりない。

「なぜだ⁉　なぜ、僕の剣が届かない⁉　本気を出しているというのに！」

「なぜ、と言われても困る。ただ……」

「ただ……なんだ⁉」

「稽古にはちょうどいいな」

「……」

アルフレッドが絶句した。

観戦する騎士達も絶句した。

「「「……」」」

「剣を使うのは久しぶりだ。だから、これくらいの戦いがちょうどいい。ようやく剣の使い方を思い出してきたところだ」

「なっ、あぁ……⁉　く……くそぉおおおお！」

アルフレッドはわなわなと震えつつ、さらに大きな一撃を繰り出してきた。

もちろん、それも防ぐ。

ただ、牽制だったらしく、その間にアルフレッドは後ろへ跳んで距離を取る。

「はぁっ、はぁっ……な、なんなんだ、君は!? その力はいったい……何者なんだ!?」

「ただの執事だ」

「僕の知っている執事と違いすぎる!?」

アルフレッドの叫びに、観客席の騎士達……ブリジット王女まで、わかるぞ、という感じでうんうんと頷いていた。

おかしい。皆は俺の味方だよな？

「くっ……こ、こうなったら、さらに身体強化を！」

アルフレッドは再び魔力を凝縮させて、

「ぐっ!? あああぁ……！」

しかし途中で顔を青くして、苦しそうな悲鳴をあげた。そのまま倒れて、ピクピクと痙攣する。

二重で強化魔法を使おうなんて、いくらなんでも無茶だ。体内で魔力が暴走して、このように意識を失うことがほとんど。

最悪、体内で魔力が爆発して死に至る。

「まずい!? 誰か手伝ってくれ！ すぐに彼を病院に運ばないと、最悪の事態もありえる！」

「な、なんだって!?」

「おいおい、自爆で負けるとか……」

「言ってる場合か！　急ぐぞ！」

観客席にいた騎士達が慌てて飛び出してきた。

審判の騎士も手伝いを申し出てくれる。

その後、皆で協力してアルフレッドを城内の病院に運んだ。

◇

治癒師の的確な処置により、アルフレッドは大事に至ることはなかった。

その日のうちに意識を取り戻して、翌日、退院した。

ただ……

「……おい、見ろよ。アルフレッドだぞ」

「……あいつ、騎士の魂と誇りをかけるとか言っておいて、思い切りルール違反をしたんだろ？」

「……しかも、最後は無茶をしすぎて自爆だぜ？　情けなすぎるよな」

「くっ……うううぅ」

そうやってずっと笑いものになってしまうのだけど、それはもう俺の知るところではない。

～Another Side～

俺はフラウハイム王国に仕える騎士だ。

勤続年数は三年。

色々なことを覚えるだけの新米ではなくなり後輩も何人かいる。

指導者として。また、道を切り開いていく者として、日々、精進している。

そんなある日とんでもない事件が起きた。ブリジット王女のお忍び外交の護衛に選ばれたのだ。

大変名誉あることだ。

俺は張り切り、絶対に任務を成し遂げてみせると気合を入れた。

しかし帰り道に、あの悪名高い『漆黒の牙』に襲われるという最悪のトラブルに見舞われてしまう。

血も涙もない、悪魔のような盗賊団だ。連中の戦闘能力は異常で、ベテランの騎士でも討伐は難しいと言われている。噂によると、街を一つ、落としたことがあるとか。

俺は死を覚悟した。

ただ、ブリジット王女を殺させるわけにはいかない。

俺の体を盾にして。命を燃料にして、ブリジット王女をどうにか安全な場所に避難させる。それだけは成し遂げてみせる。

そう決意した時。

どこからともなく、アルム殿がふらりと現れた。

正直なところを告白しよう。

最初は、彼の正気を疑った。

アルム殿は、最凶最悪の盗賊団に対して、ペン一本で立ち向かったのだ。

そう。文字を書く、あのペンだ。

ありえないことなのだけど、アルム殿はペンで盗賊団を撃退してみせた。しかも圧勝。傷一つない。俺達のことも守ってくれた。

無茶苦茶すぎる。

剣を極めた剣聖でさえ、ペン一つで盗賊団を相手にすることはできないだろう。

驚きはそれで終わらない。

彼は名のある冒険者ではなくて、ただの執事だった。

そして、そのただの執事がグレートビッグボアを狩り。スタンピードで大量発生した魔物を一人で壊滅してみせて。千の帝国軍を数十で打ち破る策を考えてみせた。

話を盛りすぎ？　物語でも、もう少し自重する？

わかる。

言いたいことはすごくよくわかる。

でも、これは全て真実だ。実際に起きたことなのだ。

あの執事はおかしい。

「ものすごく、っていう言葉では足りないくらい驚いたが、……味方になったことは嬉しいな」

何度、彼に助けられたことか。

何度、命を救われたことか。

冗談ではなくて、アルム殿は王国の救世主だと思う。執事ではなくて勇者をやるべきだ。

なんて話を以前、ブリジット王女を通して本人にしたことがあるのだけど……

『自分が勇者？　はは、冗談はやめてください。自分はただの執事です。勇者が務まるわけないでしょう』

そんな返事が返ってきた。

冗談と思われてしまったみたいだ。

冗談ではなくて本気だ。

そもそも、アルム殿で力量不足だとしたら、他の誰も勇者になることができない。

アルム殿は、もっと自分が優れていることを自覚してほしい。とても良い方なのだけど、自己評価がやたら低いのが残念なところだ。

「まあ、だからこそアルム殿らしいと言えるのだが」

自分が表舞台に立つのではなくて、サポートに徹する。活躍するのは主のブリジット王女だけでいい。

そうやって、彼はあくまでも執事であろうとしていた。

正直、執事のことはよくわからないが、徹底的に自分を殺して、主のために全てを捧げる。その魂はとても素晴らしいと思う。彼の心を体現しているかのようだ。

「俺も、いつか彼のようになりたい」

執事というわけではなくて。

彼のような力を持ち、その高潔な魂を持ちたいと願う。

「アルム殿、これからもよろしくお願いします。あなたと共にブリジット王女のために歩けることと、誇りに思いますよ」

◇

ガシャーン！

皇女の部屋に花瓶が割れる音が響いた。

しかし、部屋の外にいる侍女達は気にしない。

今日だけで三度目。いつものように癇癪を起こしているのだろう、と判断する。下手に心配して声をかけたりしたら、矛先がこちらに向いてくるため、放置が一番なのだ。

「はぁっ、はぁっ、はぁっ……！」

リシテアは肩で息をして、粉々になった花瓶を睨みつけていた。

腹立たしい。

腹立たしい。

腹立たしい。

いつもなら何度か花瓶を投げていればスッキリしていたのだけど、今回は無理だった。

どうしても、頭にとある人物達を思い浮かべてしまい……その度に怒りが急激にこみ上げてきて、火山の噴火のように爆発してしまう。

「アルムぅ……！」

聖女のような優しい心で手を差し伸べたというのに、あろうことか、愚かな幼馴染はそれを振り払った。

絶対に許せることではない。万死に値する。

激怒するリシテアだったが、さらに彼女の感情を逆撫でする存在がいた。

リシテアは、そっと頰に触れる。

「……まだ痛い」

痛い痛い痛い。

ブリジットにはたかれた頰が痛い。

「あの女……！　このあたしに手を上げるとか、絶対に絶対に絶対に、ぜぇぇぇぇぇぇったいに許さないわっ‼」

リシテアの場合、全て自業自得である。頰をはたかれても仕方ないことをした。

でも、彼女は自覚していない。

なぜなら、いつでもどんな時でも、必ず絶対に究極的に自分が正しいのだから。

そう信じて疑っていないのだから。

「あれから王国に変化はない……ということは、バカな騎士は失敗したわけね」

バカな騎士というのはアルフレッドのことだ。

ブリジットにはたかれた後、リシテアは復讐の機会をうかがい、王国の調査を行っていた。

その過程で、アルムに不満を……嫉妬を抱いている騎士の存在を知る。

部下を王国に忍ばせて、その騎士と接触して、あることないことを吹き込んだ。わかりやすく扱いやすく、猪突猛進な性格をした騎士だ。妄想と勘違いを広げて、暴走する確率は十分に高い。

うまくいけばブリジットとアルムに害を成すことができるだろう。

失敗したとしてもこちらは痛くも痒くもない。

どちらに転んだとしても問題のない策ではあったが、失敗したら、それはそれで腹が立つ。

「ちっ……どいつもこいつも役に立たないわね。どうする？　どうする？」

爪を噛みつつ、リシテアは考える。

あの生意気な王女に復讐したい。頬の痛みを万倍にして返してやりたい。

そのための方法は……

「ふ、ふふふ……あんたが悪いのよ、ふざけたことをしてくれるから……そうよ、そう。あたしが正しい、あたしが正義なのよ。殺されたって文句は言えないわよね？　ねえ？」

8章 皇女からの刺客

「んー……」

ブリジット王女はいつものように城の執務室で公務に励んでいた。

ただ、とある報告書を目にして、ピタリと手が止まる。

「どうかされましたか？　なにやら悩んでいるみたいですが」

「んー……よし、そうだね。アルム君にも見てもらおうかな」

報告書を渡された。

機密、と書かれていた。

「これ、読んで」

「……いつも思うのですが、情報のセキュリティー、薄くありません？　ただの執事に機密文書を見せるなんて、ありえないと思うのですが」

「アルム君はただの執事じゃないよ？　おかしな執事だからね」

その認識はやめてほしい。

「あと、アルム君は私の専属で、家族みたいなものだからね！　隠し事なんて一切しないよ」

「隠し事とは、ちょっと違う気がするのですが……」

「アルム君は何度も助けてくれた。英雄と言っても過言じゃない。なによりも、私はアルム君のことを信じているから。理由はそれだけで十分だよ」

「……ありがとうございます」

こうやって、不意打ちで嬉しい言葉を投げてくるのやめてほしい。

たまに泣きそうになってしまう。

我慢するが。

「拝見します」

とにかく書類に目を通した。

最強の暗殺者『シャドウ』。

世界を舞台にして、各地で暗殺を繰り返してきた。

その依頼達成率は百パーセント。ただ一度の失敗もなく、ただ一度の敗北もない。

故に、最強。

そんな暗殺者が王国にやってきたかもしれない、という報告書だった。

「これは……」

「その反応、アルム君もシャドウを知っているんだね」

「裏世界では、あまりにも有名ですからね」

「……どうして執事が裏世界に詳しいのか、そこは追及しないでおくよ。とにかく……その暗殺者がウチにやってきたかもしれない。いや、やってきたと考えるべきだね。厄介だね。観光なんてことはないから、誰を狙っているのか……もしかしたら私かもしれないね」

「心当たりがあるんですか？」

「山ほど」

気さくな人柄故に忘れてしまいそうになるけど、彼女は王女だ。

悪を許すことなく、正義を貫く人。

盗賊のような悪人だけではなくて、不正に手を染める貴族を断罪したこともあるらしい。

故に、敵も多い。

「もしかしたら、リシテアが雇ったのかもしれませんね。この前、頬をはたかれた仕返しに」

「ありえそう……って、さすがにないかなー。シャドウを雇うのって、とんでもないお金が必要になるからね。ただの仕返しにそこまでしないでしょ、帝国がおかしくなっちゃうよ」

「そうですね、そこまでバカではないでしょう、彼女も」

「「あっはっは」」

後日、知ることになるのだけど、リシテアはそこまでのバカだった。

◇

数日後。

夜。

「……っ……」
部屋で寝ていた俺はパチリと目を覚ました。
瞬間、もう頭はスッキリと晴れている。
秒で執事服に着替えて。さらに、もう十秒かけて武装を整える。
「敵か」
とても静かな夜だ。物音一つしない。
だからこそ異質な存在が際立つ。
気配は完全に殺していた。足音も立てていない。
ただ、ほんの少し。
本当にほんの少しだけ、呼吸する音が聞こえてきた。
生き物である以上、呼吸は止められない。魔法を使っても無理だ。
その呼吸音がする方に向かう。
こんな夜中に息を潜めて。気配も殺す存在なんて、怪しい以外の何物でもない。
外に出て、城の屋根に登る。
屋根を伝い呼吸音がする方に進むと、そこは、ブリジット王女の寝室の近くだった。
「……」
影がいた。
全身を黒の衣装で整えて、夜の闇に紛れ込んでいる。

背は低い。体も細い。

気配は完璧なまでに消している……ただ、その身から感じられる強さは相当なものだ。普通なら子猫のようだと侮ってしまうだろう。しかしその身の内にはライオンのような強さを秘めている――影からはそんな圧倒的な力を感じた。

夜に潜む殺意。

まさに影。

「止まれ」

「っ……⁉」

声をかけると、影はわずかに震えた。

見つかるとは思っていなかったのだろう。

「何者だ？」

「……」

「もしかして、お前が報告書にあった暗殺者……シャドウか？」

「……」

影は答えない。

答える必要はないとばかりに、両手に短剣を握る。

そして、問答無用で襲いかかってきた。

影の姿が消える。

と思ったが、一瞬の間に俺の背後に回り込んでいた。

速い。

でも、視認できないほどじゃない。

影は俺の首に刃を突き立てようとするが、しゃがみ、攻撃を避けた。同時に体を回転させて、影の足を払う。

「ちっ」

影は舌打ちしつつ、姿を消す。

ただ、気配は残ったまま。

超速で移動して、一度、距離を取ったのだろう。

でも……

「やはり、視認できないほどじゃない」

「なっ⁉」

横から狙い撃とうとしてきた影を捕まえて、屋根に叩きつけた。

そのまま絞め落とそうとするが、スルッと逃げられてしまう。

タコみたいに柔軟なヤツだ。

でも、二度目はない。

「やるね」

初めてシャドウが話しかけてきた。

どこか楽しそうだ。

というか、女性だったのか。

体の線が細いからもしかしたら、とは思っていたが。

「ボクの攻撃を二度も避けて、そして、反撃をしてきたのは君が初めてだよ。うん、素直にすごいな。尊敬するよ」

「それはどうも」

「でも、下手に強いから苦しむことになる……強者である君に敬意を表して、奥義で仕留めてあげるよ。さあ、刮目《かつもく》せよ。影分身‼」

影から新しいシャドウが現れた。

本体を含みその数、全部で十人。

「どうだ、これがボクの奥義、影分身だ」

「ただの残像とは違い、一つ一つに実体がある」

十人のシャドウが口々に言う。

「同時に繰り出される十の斬撃、果たして避けることができるかな？」

そして本体のシャドウが勝利を確信した様子でそう言うと、影を引き連れて一斉に動いた。

十のシャドウが俺の周りを駆け巡る。

それは、まるで嵐だ。飲み込んだものを粉々に破壊して、確実な死をもたらすだろう。

「ボク達の動きは見えない、理解できまい！　見えたとしても、本体を特定することは不可能」

「さあ、そろそろ終わりにしよう」

「ボク達の連携をその目に焼きつけて、そして、死ね！！！」

同時に四方八方から声がしたと思った瞬間、十のシャドウが同時に襲いかかってきた。

前から。横から。後ろから。上から。斜めから。ありとあらゆる角度からシャドウが駆けてきて、両手に持つ短剣を振る。

縦横無尽に刃が走り、逃げるスペースはない。

全てを切り刻み、粉々にしてしまうだろう。

……当たれば、の話ではあるが。

「「「ぎゃあああっ⁉」」」

十のシャドウが一斉に吹き飛んだ。

ダメージを受けたことで分身が解除されて、本体だけが残る。

なにをされたか理解できない様子で、目を大きく見開いて驚いていた。

「な、なんだ……今、なにが……」

「単純に、カウンターを仕掛けただけだ」

「バカな⁉　ボク達は十の斬撃を同時に繰り出したんだぞ⁉　それを防ぐなんてこと、そんなことできるわけが……」

「同時と言っても、メインは一人だろう？　そいつが他の影を操る。故に、どうしてもタイムラグが発生してしまう。ほんのわずかなタイミングだけど、ズレがある。そこを狙って反撃すればいい」

「ば、ばかな……確かに、理屈上はそうかもしれないけど、一秒にも満たない瞬間のはず。それを見極めた……？　しかも、初見で……？　いったい、どんな動体視力と観察力を持っていれば、そんな化け物のような真似が……」

納得できない様子でシャドウは震えていた。

ただ、すぐに気を取り直した様子で勝ち誇る。

「で、でも、ボクの勝ちだ。こっそりと毒をばらまいていたことに気づいていないな？　それも仕方ない。遅効性の毒で、無味無臭。なにをされたか理解できないだろう。しかし、気がついた時には手遅れだ。すぐに動けなくなり、やがて死に至る」

「……で、その毒の効果はいつ出るんだ？」

「五分ほどで……いや、待って。もう五分経っているはず。それなのに、君、なんで動けるのさ？　なんで死なないの？」

シャドウが毒をばらまいていたことは、もちろん気づいていた。

でも、ここには俺しかいないので気にしなかった。

「俺に毒は効かない」

「……なんだって？」

「執事だから、毒に対する訓練を受けている」

「そんな執事がいてたまるか!?　毒なんだぞ!?」

「だから、訓練したんだよ」

「訓練でどうにかなるものじゃないからね⁉　人間の限界を超えているからな⁉」

できたのだから仕方ないだろう。

「そもそも、適当な毒ではないんだぞ⁉　一滴でゾウを殺すような猛毒なんだぞ⁉　それなのに、貴様、どうして無事でいられるんだ⁉」

「何度も言っているが、執事だから毒に対する耐性も完璧だ」

「だから、そんな執事がいてたまるかぁあああああ‼」

◇

こうして、暗殺事件はあっさりと解決した。

暗殺者を問い詰めたところ、今回の事件の首謀者はリシテアだと白状した。

これで王国の外交カードが一枚、増えた。

いざとなれば事件をちらつかせて、有利に物事を進めることができる。

そして、肝心の暗殺者はというと……

「アニキ！　どこに行くんですか？」

「え？　いや、食事だけど……」

「ご一緒させてください！　あ、フォークを持ちましょうか？　料理を取ってきましょうか⁉」

「いいから、そんなことしなくていいから」

これから先、暗殺者としてやっていく自信を完全になくした。

そう供述した暗殺者は改心して、なぜか俺の舎弟になると言い出した。ありえないほどの強さに惚れ込んだ、らしい。

そうして、俺の周りをうろちょろするように。

どうしてこうなった？

～Another Side～

ボクに名前はない。

暗殺者に名前なんて不要だ。

強いて挙げるのなら、『シャドウ』という呼び名を持っていた。

絶対に捕えることはできず、気がつけば影のように背後に忍び寄っている。

故に、シャドウだ。

自分で言うのもなんだけど、世界最強と自負していた。それだけの実力があると誇っていた。

ただ一度の敗北もなく。

ただ一度の失敗もない。

依頼達成率は百パーセント。

それがボクの誇りだ。

人殺しを誇ってどうする？

そう非難する人もいるだろう。

でも、ボクは他になにもない。

家族も愛する人も友達も。趣味も娯楽も。楽しい記憶も笑った記憶も。なにもない。

だからこそ、唯一持つこの力を誇るのだ。

それだけがボクに残された、たった一つの誇りだから。

「でも……ボクは負けた」

ブリジット王女の専属執事、アルム・アステニア。

ただの執事にボクは負けた。

「って……いやいや、あれが執事なわけないよ」

ボクは殺しだけじゃなくて、隠密の技術も極めていた。

誰もボクを見つけることはできない。隣に立ったとしても、ボクの存在を感知することはできない。

シャドウという呼び名はここからも来ていた。

でも、アニキ……もとい、アルムさんはボクを見つけた。そうすることが当たり前のように声をかけてきた。

あの時、ボクがどれだけ驚いたことか。

驚きすぎて失神しそうになったことは秘密だ。

余計な殺しはしない主義だ。必要以上に恨みを買うと仕事がやりにくくなる。

ただ、見られたからには仕方ない。

殺す。

ボクは全力を出した。

しかし、アルムさんを殺すことはできなかった。

それならばと、とっておきの奥義を繰り出した。

文字通りの必殺。勇者でさえ葬ることができると自信のある技だ。

しかし、これもあっさりと防がれてしまう。

ならばこれしかないと、真の切り札である毒を使った。

生き物である以上、空中に散布された毒を防ぐ手段はない。当然、ボクもある程度のダメージを負う、自爆覚悟の最終手段だ。

しかし、やっぱりというか通じなかった。

「絶望って、ああいう瞬間のことを言うんだよね……今思い返しても身震いするよ」

なにをしても通じない。どんな手を使っても倒すことができない。

惜しい、のではなくて、まったく手が届かない。

まるで大人と子供の戦いだった。

ボクは全てを出し尽くしたけど……でも、アルムさんはまだまだ余裕があって、ボクを簡単にあしらっていた。

「あんな人、見たことないよ、ホント。ボクの上を軽々といくとかありえないんですけど。それでいて執事とか、なんかもう色々とおかしくて……魔王って言われたら、それはそれで納得したのに」

ボクは敗れた。

初めての敗北を知った。

でも……アルムさんはボクを殺さなかった。

役に立つかもしれない、と。

王国の味方になるのなら、と。

それは王女も同じだ。

敗北の後、王女のところに連れて行かれたのだけど、彼女は簡単にボクのことを許してくれた。

彼女の命を奪おうとしたボクを、その力が惜しいと王国に迎え入れてくれた。

二人共、ボクの命の恩人だ。

殺すことを目的としないで、今度は、守るために働いてほしい……と。

死を回避できただけじゃなくて。新しく生きる意味を与えてくれた。

あの時、ボクは生まれ変わったと言っても過言じゃない。

なればこそ、これからは、この力はアルムさんのために使おう。王女のために使おう。王国のために使おう。

それが、新しいボクの生きる意味だ。

「まあ……」

本音を言うと、素直に従ったのは、もう二度とアルムさんと戦いたくないから。

あの恐怖。

あの絶望感。

いやもう、本当に二度と味わいたくない。最強の暗殺者とか呼ばれていたけど、失神しそうになって、失禁しそうになったからね。

というか、実はちょっとしていた。

内緒です。

最後はもう、なりふりかまわず土下座して許しを請うたからね。

「アルムさん……アニキは怖いっす。がくがくぶるぶる」

～Another　Side～

「……今、なんて？」

帝国。

リシテアの部屋で、彼女は扇をいじりつつ、交代して何人目になるかわからない専属の執事に低い声で問いかけていた。

ヘビに睨まれたカエル。

執事は汗を流しつつ答える。

「その……例の件ですが、失敗いたしました」

「失敗？　世界最強の暗殺者が、今まで依頼を失敗したことのない暗殺者が、失敗したっていうの？」

「は、はい。そのような報告を受けております」

「……」

「そ、それだけではなくて……」

さらに続く、とある情報を口にすれば、リシテアの機嫌はさらに降下するだろう。八つ当たりをされるかもしれない。

しかし、報告を怠れば問題になることは確実。

執事は怯えつつ、次の言葉を並べていく。

「その……暗殺者は、フラウハイム王国に寝返った様子でして……」

「はぁ⁉」

リシテアはバチンと扇を閉じた。

「なんで寝返るのよ⁉　依頼失敗っていうならまだわかるけど、寝返る意味がわからないわ！」

「そ、それは自分もわからないのですが、確かに、そういう報告が……」

「……もういいわ」

「え？」

「いいから、さっさと出ていって！」

「は、はいっ！」

とばっちりを食らう前に、執事は慌てて部屋を出ていった。

一人残ったリシテアは爪を嚙む。

「どいつもこいつも……本当に使えない！」

「あらあら、ご機嫌斜めね」

ふと、扉が開く音がした。

リシテアは反射的にそちらを睨みつける。

リシテアと同じ色の髪は肩で切りそろえられていた。その髪は絹糸のように細くサラサラで輝いている。

体のラインは魅力的を超えて蠱惑的。男性の目を惹きつけて止まないだろう。それを誇るような、自信に満ちあふれた表情をしていた。

ライラ・アルフィネス・ベルグラード。

リシテアの遠縁の女性だ。

皇族の一員ではあるものの、帝位継承権はとても低いため、実質的にはないようなものだ。

ただ、そのようなことは関係なく、リシテアはライラのことを好いていた。

なによりも美しく、気高く。女性でありながら強く、たくましく。

とても聡明で優しい彼女のことを、実の姉のように慕っていた。

「ライラお姉様！」

機嫌がパッと直り、リシテアは笑顔でライラに抱きついた。

そんな皇女をしっかりと抱きしめて、ライラも笑みを浮かべる。

「ふふ、リシテアは相変わらず甘えん坊ね」

「ライラお姉様にだけよ？　あとは、パパとママかしら」

「その中に加えてもらえるのは光栄ね」

「でも、どうしたの？　確か、南の領地の視察に赴いていたでしょう？　しばらくはかかる、って……」

「思っていたよりも早く終えることができたから、こうして帰ってきたの。突然で迷惑だった？」

「まさか！　ライラお姉様が戻ってきて、あたし、とても嬉しいわ！」

とても無邪気な笑みだった。

リシテアがライラのことを心から慕っているのがわかる。

その一方で、

「……ふふ」

一瞬ではあるが、ライラは酷く歪な笑みを浮かべた。

リシテアを嘲笑うような。軽蔑するような。憎しみを抱くような……そんな笑み。

ただ、それは幻だったかのように消えて、リシテアの頭を優しく撫でる。

「ええ、私も嬉しいわ。リシテアに会いたいから、できる限り早く視察を終わらせて戻ってきたのよ」

「もう。そんな嬉しいことを言われたら、あたし、笑顔が止まらなくなっちゃう」

「私もよ」

ひとしきり再会を喜んだ後、二人はお茶をする。

普段はメイドや執事に淹れさせているが、今回はライラが淹れることになった。

「わざわざ、ライラお姉様がそんなことをしなくても」

「視察のついでに、いいお茶を見つけたの。リシテアに飲んでほしいから……はい、どうぞ」

「わぁ、いい香り。いただきます♪」

二人はお茶を楽しみながら、しばらくの間、笑顔で近況報告をする。

そのどれもが他愛のない話で、美味しい食べ物を見つけたとか、綺麗なアクセサリーを手に入れたとか、そんなものだ。

「そういえば……」

ふと、ライラがなにかに気づいた様子で問いかける。

「アルム君はどうしたの？」

「……」

リシテアの機嫌が急降下した。

「彼、いつもあなたの後ろにいたと思うんだけど」

「……あんな無能、クビにしたわ」

「え、クビ？」

「そうよ。なにをしても使えないし、なにもできないし、おまけにあたしに逆らうし。そんな無能はいらないからクビにしたの」

「へぇ……」

ある意味で都合がいい。

ライラは小さな声でそう呟いたものの、リシテアには届いていない。

「でも、あの無能、フラウハイムの王女と一緒になってあたしをバカにして……！」

「あら。彼は今、フラウハイム王国に？」

「そうよ。あたしに拾われた恩を忘れて、王国にへりくだっているの。許せないわ！」

リシテアがアルムを捨てたせいなのだけれど、彼女の中では、そういう風になっていた。

自分の都合のいいように記憶を改ざんすることは得意だ。

話を聞いて、一瞬、ライラは鋭い表情になるものの、すぐに笑顔に戻った。

「それは許せないわね」

「ええ、そうよ！　許せないわ！　この屈辱、絶対に晴らしてみせるんだから！」

怒りに燃えるリシテアを見て、ライラは微笑む。

私も屈辱を晴らしてみせるわ……と。

9章 お忍び王女は悪を裁く

以前そうしたように、今日はブリジット王女と城下町の視察に赴いていた。

ただ、人々が声をかけてくることはない。

「うわー……誰にも気づかれない。アルム君って、本当になんでもできるんだね」

そう言うブリジット王女は、飾り気のないシンプルなスカートスタイルだ。それと、いくらか化粧を施して、さらにウィッグを被っている。

目や鼻の形などはさすがに変えられないが、他は完全に別人だ。

内緒で視察がしたい、ということで俺の持つ変装技術でブリジット王女を変えてみせた。

お忍びということに不安はあったけれど、そんな主を守るのも執事の役目。

それにシャドウもいる。

彼女もこっそり護衛についてくれているから、城下町の視察くらいなら問題ないだろう。

「ところで、どうして秘密の視察を？　なにか問題が？」

「あ、ううん。そういうわけじゃないんだ。ただ、王国にも悪い人はいるからね。いつもの調子で街に出たら逃げられちゃうから、身分を隠して実態を把握したいなと思って」

「なるほど」

ブリジット王女は絶大な人気を持つため、外を歩けば誰もが笑顔で声をかけてくる。

それは良いことだけど、そんな状態ではこっそりと悪人の調査を進めることはできないか。

「どこに行きますか？」

「ちょっと歩いたところにある食堂」

「……お腹が空いたんですか？」

「違うよ⁉　この食いしん坊め、っていう目はやめて⁉」

ブリジット王女曰く、その食堂は色々な情報が集まる場所らしい。

なにか調べたいことがある人は、大体、その食堂に足を運ぶのだとか。

「だから、悪い人がいないかどうか調べるにはその食堂に行くのが一番手っ取り早いんだよ」

「なるほど……妙な疑いをかけてしまい、申しわけありませんでした」

「気にしないで。それよりも、今日はなにを食べようかな？　あ、そうだ。新作のクリームコロッケにしようかな？」

やっぱり食いしん坊では？

と思ったけど、それは口にしないでおいた。


「ここだよ、ここ」

ブリジット王女が笑顔で食堂に案内してくれた。

よほど楽しみなのか、本当に嬉しそうだ。

その姿に苦笑しつつ、中へ……

「どけ、邪魔だ」

きらびやかな服を着た男が出てきた。

複数の男を連れている。護衛だろうか？

「失礼しました」

ブリジット王女もいるし、騒ぎを起こすわけにはいかない。

素直に退いて頭を下げる。

「ふん、卑しい者ばかりで気分が悪くなるな」

そんな台詞を残して男達は立ち去る。

ブリジット王女が近くに落ちていた石を拾い、投球の構えを……

「って、なにをしているんですか⁉」

「ちょっとキャッチボールをしようと思って」

どこの世界に石でキャッチボールをする人がいる。

「俺のことは気にしないでください」

「まあ、アルム君がそう言うのなら……ほんと、あの貴族はろくでもないなあ」

「知っているのですか？」

「カイド・ユーツネスル。そこそこの身分を持つ、うちの国の貴族。仕事はできるけど、でも、色々と偏っているところがあって……頭痛の種だよ」

問題児ということか。

なにもなければいいのだけど……しかし、今の貴族のことが妙に気になった。

◇

「んー、美味しい♪」

ふわふわのクリームコロッケを食べて、ブリジット王女はとても満足そうだ。美味しいものを食べて機嫌を直してくれたらしい。

それに、この食堂に来たことは間違いではない。

ブリジット王女が言っていたように、色々な客がいて、色々な情報が飛び交っている。情報屋も混じっている様子で、ちょっときな臭い話も耳に入ってきた。

店はごくごく普通のところだ。

ただ、その味に情報屋達が魅せられて常連に。情報屋と取り引きをする相手も店に足を運ぶようになって、さらに常連が増えていく。

そのような感じで、情報屋愛用の店となったようだ。

「なるほど……確かに、ここはすごい場所ですね」

「でしょ？　ここの新作はいつも当たりで、外れがまったくないのがすごいところなんだよ！」

「いえ、そうではなくて……というか、やはり食がメインですね？」

「そ、そそそ、そんなことはないよー？」

「まあ、料理が美味しいのは確かですけどね」

俺もクリームコロッケを食べつつ、話を続ける。

この味に情報屋達は虜にされたのだろう。

「本当に色々な話が流れていますね。ちょっと際どい話もあって、この様子なら、色々と有益な情報を持ち帰ることができそうです」

「あれ？　基本、情報はここにいる情報屋から買うんだけど……アルム君、もう買っていたりするの？」

「いいえ」

「なら、どうしてわかるの？」

「聞こえていますから」

「……ヒソヒソ話を？　テーブルとテーブルの間、けっこう離れているんだけど？　あと、席数も多くてお客さんも多いから、会話はごっちゃになると思うんだけど」

「執事なので、主の言うことを聞き逃してはいけません。なので、耳がよくなる特訓をしましたから、そのおかげですね」

「耳がいいとか、そういうレベルを超えている気がするんだけど……まあいいや。アルム君だからね」

最近、妙な納得のされ方をしているような気がした。

解せぬ。

「どんな情報があるのかな？」

「悪い話に限定すると、本当に色々とありますね。今、この場でどうこうっていうことはないので、持ち帰り、後で対応策を練るのが一番かと」

「オッケー。じゃあ、後で全部教えてね。それを各部署に共有して、みんなで対策を練ろう。そして、事件が起きる前に阻止しよう」

「はい」

その後は食事を楽しみつつ、情報収集に励んだ。

途中、メモを取らなくていいの？　と疑問を向けられたけど、一字一句、全部覚えているので問題ありません、と答えたらものすごく微妙な顔をされた。


「おいっ、店主を呼べ！」

ふいに店内に怒声が響き渡る。

何事かと振り返ると、冒険者らしき男二人組が声を荒らげていた。

「お客様、どうかされましたか？」

「なんだ、この料理は⁉　こんなクソまずいもので金を取ろうっていうのか⁉」

「おいおい、親方の舌を満足させるどころか、腐らせるつもりか？　俺達を舐めているのか⁉」

ガシャン！　と皿が割れる音が響いた。

二人組は、料理が残っているにもかかわらず、皿を床に投げ捨てたのだ。

「お、お客様、このようなことは……」

「あぁ？　俺達が悪いってか？　ふざけるなよ！」

「とことん低レベルな料理を出して、客をバカにして、そりゃもうてめえの責任だろうが⁉」

「徹底的にやってやろうか、あぁん⁉」

「おぁん⁉」

事情はさっぱりわからないが、どうも、まともな客ではないみたいだ。

「……アルム君」

「はい」

「やっちゃって」

「はい」

据わった目で言うブリジット王女の方が連中より怖い……と思ったのは内緒だ。

◇

「お、覚えてやがれ⁉　俺らにはすごい方がバックについているんだからな⁉」

「ひぃいいい！！！」

二人組を叩き出すと、店内の客から歓声があがり、拍手が送られた。

「あ、ありがとうございます！　おかげさまで、とても助かりました。本当にありがとうございます！」

「いえ。それよりも、ちょっと話を聞きたいのですが、いいですか？」

ここまで関わって、はいさようなら、というわけにはいかない。

ブリジット王女もそんなことは望まないだろう。

店主を俺達のところに誘い、話を聞くことにした。

「えっと……あ、あなた様は⁉」

ブリジット王女に気づいたらしく、店主が声を大きくした。

さすがにこの距離だとわかるか。

「しー。今はお忍びだから、私のことは内緒ね？」

「は、はい。わかりました」

「それで、今の連中について聞いてもいいかな？」

「実は……」

店主曰く、一週間ほど前から嫌がらせが始まったという。

先の二人組が来店して、酷い文句をつけて暴れたり。店の前にゴミが捨てられるようになったり。果ては、家族を尾行する輩も現れたという。

俺達はたまたま、その嫌がらせの現場に遭遇したみたいだ。

「嫌がらせを受ける心当たりは？」

「たぶん、地上げではないかと」

「地上げ？」

「以前、店の土地を売ってほしい、という話を受けたんです。しつこく話が来て、でも、全部断ったのですが……」

「その後から嫌がらせが始まった、と？」

「はい」

なるほど、納得できる話だ。

金で手に入らないのなら力で追い出してしまえばいい。悪人が考えそうな手だ。

「むー……それは許せないね。嫌がらせをしている人が誰かわかる？」

「それが……土地の売買の話を持ちかけられた時も、その後も代理人を名乗る方がやってきて、誰が背後にいるのかは……」

「アルム君、調べられる？」

「はい。ただ、少し日数はかかってしまいますが……」

その間に、さらなる嫌がらせに出られたらまずい。

「具体的に、黒幕を突き止めるのにどれくらいかかるかな？　やっぱり、一ヶ月くらいかかっちゃう？　証拠も固めるとなると、それくらい必要だよね……」

「いえ、三日もあれば十分です。証拠も全て揃えてみせます」

「あ、相変わらず仕事が速いね……」

呆れているような感心しているような、微妙な顔をされてしまう。

「そういうわけだから、この件は私達に任せておいて！」

「しかし……いいんですか？」

「もちろん。困っている人がいたら、その人の力になるのが私の仕事だからね。このお店の料理が食べられなくなるなんて嫌だもん」

とても熱の入った口調だった。

「あ、ただ、なにが起きるかわからないから、三日間、店は閉じていて。もちろん、その間の助成金は出すよ」

「あぁ……なにからなにまで、本当にありがとうございます！」

◇

悪人を見つけるための視察に出たら、ちょっとした事件を見つけることができた。

人の良さそうな店主を助けるためにがんばらないといけない。

まず俺は、商人ギルドに登録されている商人の情報を徹底的に調べた。

地上げをするということは、そこで新しい商売を企んでいるに違いない。なら、背後にいるのは商人。あるいは貴族だろう。

そう考えて、まずは商人から調べている、というわけだ。

並行作業でシャドウに協力をお願いして、先の二人組の背後関係を洗ってもらう。彼女は裏世界に長くいただけあって、そういった調査も得意だった。

あの二人組が、直接、黒幕と繋がっているとは思えないが、仲介人を辿っていけば、いずれ黒幕に辿り着くだろう。

そのような感じで調査を進めることで、二日で黒幕らしき人物を突き止めることに成功した。

アラン・エグゼシア。

一代で大きな商会を作り上げた、やり手の商人だ。

最近、新たに巨大な商店を作ろうと目論んでいて、強引な地上げを行っているらしい。

それと……カイド・ユーツネスル。

店に入る前に軽くすれ違った、例の貴族だ。

アランと懇意にしているらしく、シャドウに調査を頼んだところ頻繁に彼の屋敷を訪ねていたという報告を受けた。

アランもまた、ちょくちょくカイドの屋敷を訪ねていた。

アランはカイドに賄賂を渡して……そしてカイドは、アランの悪事をもみ消しているのだろう。

犯罪の手本というような共生関係だ。

「黒幕はこの二人で間違いないな。あとは、残りの一日で証拠をしっかりと固めよう」

「アルム君！」

慌てた様子でブリジット王女が資料室に飛び込んできた。

ただならぬ様子に自然と気が引き締まる。

「なにかありましたか？」

「店主さんの家族が……！」

◇

「店主さん……！」

急いで病院に駆けつけると、憔悴しきった様子の店主がいた。

涙を流していて、目元は赤くなっている。

その視線の先は……手術室だ。

「奥さんが襲われたと聞きましたが……」

「……買い物に出て、その帰り、あの二人組に」

店主が悔しそうに、とても悔しそうに言う。

「私が迂闊でした……妻を一人にせず、一緒にいるべきだった！　あなたや王女様が忠告してくれたのに、店を開かなければ大丈夫と思い込んで……私が、私が、私が！」

「……店主さん……」

ダメだ。かける言葉が見つからない。

「ねえ、アルム君。なんとか奥さんを助けてあげることは……」

「……申しわけありません。私は、治癒魔法は苦手で……」

「あ……そっか、そうだよね」

もっと練習をしておけばよかった。

苦手を克服しておけばよかった。

今更そう思っても手遅れだ。

「……」

「……」

「……」

長い、長い時間が経った。

誰も一言も発しない。

そして……

「先生、妻は⁉」

手術室の扉が開いて、治癒師が姿を見せた。

慌てて尋ねる店主をなだめつつ、治癒師が笑顔で言う。

「もう大丈夫です、峠は越えました」

「あ、あぁああ……よかった、本当によかった……ありがとうございます、本当にありがとうございます！」

どうにか最悪の事態は避けることができたみたいだ。よかった。

なら、後は俺の仕事だ。

いや。

俺とブリジット王女がやるべきことだ。

「アルム君」

「はい」

「証拠を固めるのは明日までかかるんだよね？」

「三時間で終わらせます」

「うん、ありがとう。ごめんね、無理をさせて」

「いえ。俺も、ブリジット王女と同じ気持ちなので」

「じゃあ、それまでに準備をしておくね？　三時間後……証拠を固めると同時に、やるよ」

ブリジット王女は冷たく、凍えるような声でそう言うのだった。

～Another Side～

王国内にある、とある屋敷の一室。

きらびやかな美術品が飾られた部屋に二人の男が笑みを浮かべていた。

商人のアラン・エグゼシアと、貴族のカイド・ユーツネスルだ。

「よくやってくれた、アランよ」

「はっ、もったいないお言葉」

「ヤツは相当参っているみたいだな？　これで私達の言うことを聞くだろう」

「ヤツのうろたえようは傑作だったらしいですよ。部下の報告によると、どうして妻がこんな目に……と、顔を涙と鼻水でぐちゃぐちゃにして……」

「よせ、思い返させるな。その時は遠目に様子を見ていたが、確かに傑作で……笑えてくるではないか、はっはっは」

「ふふ、カイド様も悪ですね」

「なに、アランもな」

「……その話、しかと聞き届けたよ」

不意に第三者の声が響いた。

「何奴⁉」

この会合は誰にも知られていない秘密の会合のはずなのに、なぜ、第三者がいるのか？

二人は生唾を飲み込む。

そして、バーン！　と勢いよく扉が開かれた。

「やあやあ、なにやら面白い話をしているみたいだね」

「……」

姿を見せたのはどこにでもいるような若い女性と、彼女に付き従う執事だ。

なぜ、こんなところに執事が？　それと……あの若い女性、どこかで見たような気が？

カイドは突然の驚きと疑問に囚われてしまい、すぐに言葉が出てこない。

代わりにアランが謎の二人組みを睨みつけて、鋭い声を飛ばす。

「何者だ、貴様！　無礼だぞ！　この方を誰だと思っている⁉」

「うーん、わからないな。誰？」

「ちっ、これだから下賤な民は……この方は子爵の位を持つ、カイド・ユーツネスル様だ！　本来ならば、貴様らごとき平民が顔を合わせることもできないのだぞ！」

アランが吠えて、

「落ち着け。今は、他に問題があるだろう」

カイドはあくまでも落ち着いていた。

二人の正体は不明だ。しかし、今の話を聞かれたというのなら少し厄介だ。口止めをしなければならない。最悪、消すことも考えなければならない。

なに、問題はない。

アランが言ったように、自分は子爵なのだ。それなりの権力を持ち、逆らうことができる者は少ない。金と権力でねじ伏せてしまえばいい。

カイドはそう考えるものの、しかし、胸騒ぎが収まらない。

「貴様、我々の話を聞いたな？」

「そうだね、バッチリ聞いたよ。聞き届けたよ」

「ならば、今の話は忘れてもらおうか。でなければ痛い目に遭うぞ？」

「さて、それはどちらかな？」

「なに？」

「……カイド・ユーツネスル、私の顔を忘れた？」

突然、若い女性の雰囲気が変わる。

息苦しさを覚えるほどの強烈なプレッシャー。そして、自然とひれ伏してしまいそうな威光が輝いている。

なんだ、この女は？

確かに見覚えはあるが、こうも無意識に従ってしまうような力を持っているなんて、いったい何者……？

戸惑うカイドに見せつけるように、若い女性はウィッグを外した。他の変装道具も外す。

「……ま、まさか⁉」

ようやくカイドは思い出した。

目の前にいる若い女性の正体と、そして、絶対に逆らってはいけない相手だということを。

「ブリジット王女⁉」

「えぇ⁉」

こんなところに王女がいるわけがないと、アランが悲鳴をあげた。

カイドも同じく悲鳴をあげたい気持ちでいっぱいだ。

「ど、どうしてこのようなところに……」

「そんなことはどうでもいいの。それよりも……なんの罪もない一般人を脅して、あろうことか、その家族にさえも刃を向ける。その目的は、ただ私腹を肥やすだけという愚かなもの。人間の所業ではなくて、悪魔……いや、家畜にも劣る畜生よ。恥を知りなさい‼」

「ぐっ……」

「あなた達に人の心が少しでも残っているのなら、今すぐに自首しなさい！　その後、おとなしく法の裁きを受けなさい！」

「うっ、ぐぐぐ……」

「か、カイド様ぁ……」

カイドは顔を青くした。

まさか、ブリジット王女に知られてしまうなんて。

彼女は第一王女なので、当たり前ではあるが自分よりも強い権力を持つ。それに融通の利かない生真面目な性格なので、賄賂で買収することもできない。

カイドは打開策を考えて……しかし、どう考えても『詰み』であることを自覚した。

こうなればもう……と、ヤケになる。

「ええいっ、出あえ出あえ！」

カイドが叫び、それに応じて武装した私兵達が駆けつけてきた。

「皆の者、こやつはブリジット王女を騙る偽物！　この不届き者を生かして返すな！」

「愚かだね……なら、引導を渡してあげる。そして、罪をその体に刻んであげるから！　アルム君、皆殺しにしてやりなさい！」

「了解です」

◇

俺はブリジット王女の命を受けて、護身用に持参した短剣を手に……

「いやいやいや、今のはツッコミ待ちだからね⁉　冗談だからね⁉」

「紛らわしいことをしないでください」

「アルム君、一切迷いがなかったよね……」

「相手はゴミですから」

「悪人に対しては、本当に容赦ないよね。まあ、気持ちはわかるけど、この二人は法で裁こう。というわけで、適度にこらしめてあげて」

「了解」

短剣をしまい、徒手空拳で立ち向かう。

一人目の懐に潜り込み、腹部を拳で撃つ。

鎧が拳の形に陥没して、兵士はそのまま吹き飛んだ。

「なっ⁉　て、鉄の鎧を拳で……？」

「ええいっ、ならばこれならどうだ！」

剣が振り下ろされるけど、

「なぁ⁉」

人差し指と中指で挟んで止めた。

東の国に伝わる『真剣白刃取り』という技……いや、ちょっと違ったような？

摑んだまま手首を回転させて、剣を絡め取る。無防備になった兵士の顎を蹴り上げて、骨を砕き、戦闘能力を奪う。

しばらくは固形物が食べられないかもしれないが、刃を向けたのに殺されないだけマシだと思ってほしい。

「これならば……」

「どうしようもないはずだ！」

三人の兵士が同時に斬りかかってきた。

それぞれのフォローをするように斬撃で空間を埋めてくる。

敵の逃げ場を奪う、悪くない攻撃だ。

でも……まだまだ甘い。

「避けただと⁉」

それぞれの攻撃のタイミングがわずかにズレていたため、しっかり見れば避けることは難しくない。剣と剣の間をすり抜けると、刃がすぐ目の前を通り抜けていく。

そして反撃。

それぞれ膝を蹴り、砕いて、機動力を奪う。

良い治癒師に恵まれれば、また問題なく歩けるようになるだろう。それ以外の場合は知らない。面倒を見る義理も義務もない。

中には脅されて仕方なく戦う兵士もいるだろう。

しかし、自分に降りかかる不幸を跳ね除けるために、他人を不幸にしていい道理はない。なればこそ、俺が容赦ないカウンターを繰り出すのも正当な権利なのだ。

「魔法だっ、魔法で狙い撃て！」

「ありったけの矢も浴びせてやれ！　守りながらは無理なはずだ！」

敵は魔法と矢の雨を降らせてきた。

俺の背後にはブリジット王女。俺が避けられないのを知っての攻撃だろう。

なるほど、理に適っている。

ただ、その選択は失敗だ。

「火よ、我が意に従いその力を示せ。ファイアクリエイト！」

「バカな⁉　たった一人の魔法が、俺達十人分の魔法を押し返すというのか⁉」

続けて拳を振る。

「なぁっ……⁉　あれだけの矢を拳圧だけで弾き返すだと⁉」

「これくらい、日々の訓練でどうにかなる」

「そんなもの、どうにかなるわけが……ぐあっ⁉」

「そ、そんなふざけた攻撃が……うあああああ⁉」

近くにある柱を引っこ抜いて、それを振り回した。兵士がばったばったとなぎ倒されていく。

やっぱり、大勢を相手にする時は巨大な武器を使うに限るな。

柱は最強だ。

「いやいや……それ、武器じゃないからね？　柱だからね？」

「細かいことは気にしないでください」

「細かいかな？　いやー、うーん……」

ブリジット王女がドン引きだけど、気にしない。敵を倒せばそれでいい。

というよりは、もう欠片も容赦するつもりはない。

連中はブリジット王女まで狙った。ならば、絶対的な敵だ。

やってはいけないことをした。その報いを受けさせようではないか。

カウンターを連続で決めて。

柱を叩き込んで、思い切り投げつけて。

まとめて兵士を叩いて、一気に数を減らしていく。


……三分後。

「掃討《そうとう》、完了」

全ての兵士を地面に沈めた。

パンパンと服についた埃を払う。

「ブリジット王女。オーダー、完了いたしました」

「うん、ありがとう」

「なっ、ななな……なぁ!?」

「あわわわっ……」

カイドとアランという悪人達は、目の前の光景が信じられないという様子で震えていた。

「ば、バカな……百二十人の兵士が、たったの三分で全滅だと……？」

「あ、ありえない、人間業じゃない……」

「こ、こうなれば秘密の通路で外に……」

「言っておくけど」

ブリジット王女が冷たく言い放つ。

「この屋敷は、すでに王国の騎士で包囲しているからね？　それと、悪事の証拠固めはすでに終わっている。物証を押さえるための部隊もすぐそこにいるよ。終わり、っていうことを理解した？」

「な、なんてことだ……」

「おしまいだ」

ブリジット王女は震える二人の前に立つ。

「さて、と」

そして、にっこりと極上の笑みを浮かべた。

「覚悟はいいかな？」

「「ひぃいいいいいいっ⁉」」

◇

……その後。

アラン・エグゼシアとカイド・ユーツネスルは逮捕されて、裁判までの間、牢に閉じ込められることになった。

ただ、本人達は満足しているようだ。

「私達を外に出さないでくれ、外にはあの怪物がいる！」

「ここに置ってほしい、牢でもなんでもいいから、守ってくれ！」

……などと懇願しているとか。

二人の言う怪物が誰のことなのか、まあ……深くは考えないことにしよう。

◇

数日後。

俺とブリジット王女は、例の店を訪ねていた。

「おめでとう」

　ブリジット王女は笑顔で店の再開を祝う花束を差し出した。

　店主は、やや照れくさそうにしつつ、笑顔で受け取る。

「ありがとうございます。王女様の支援のおかげで、無事、店を再開することもできました。妻も、もう少しすれば店に立つことができるらしく……経済的なご支援だけではなくて、とてもいい治癒師を紹介していただき、本当に感謝の言葉もありません」

「ううん、気にしないで。ここの料理は美味しいから、なくなっちゃうのは寂しいなー、っていう私のわがままだから」

「わかりました、そういうことにさせていただきます。では、せめてものお礼として、精一杯腕を振るわせていただきます。ぜひ、うちの料理を堪能していってください」

「わーい♪」

　席に案内されて、ブリジット王女はメニューをじっと見る。

「じゃあじゃあ、うーん……クリームコロッケとメンチカツ、それとエビフライをお願い♪」

「自分は、ハンバーグ定食で」

「承りました。少々お待ちください」

　店主が笑顔で奥の厨房に消えた。

　店の再開と奥さんの回復を祝いに来たのだけど、逆に歓待を受けてしまった。

　申しわけないのだけど、断るのは逆に失礼とブリジット王女に諭されて、素直に受けることに。

「ところで、ブリジット王女」

「なに？」

「あんなに注文して大丈夫なんですか？　太りますよ？」

「うぐっ」

ブリジット王女は、胸に矢を受けたかのようにふらついた。

そして、涙目でこちらを睨みつけてくる。

「アルム君……世の中、言って良いことと悪いことがあるんだよ？」

「……申しわけありません……」

恐怖でちょっと背中が震えた。

女性に体重の話をするのは禁止だな。

「冗談はともかく……」

「一連の事件について、だね？」

後々の調査で判明したことだけど、ここ最近の事件……例えば、アルフレッドの決闘騒動。そして、シャドウの件。

それぞれ帝国が関与していることが判明した。

今回の事件も同じだ。

細部まで調べてみると、帝国が裏で関与していた。商人と貴族にそれぞれ支援をして、好き放題させていたらしい。

　これがリシテアの仕業かどうか、そこはまだわからないのだけど……これまでの流れを考えると、十中八九、彼女の関与を疑わざるをえない。

「厄介な子に目をつけられちゃったね」

「なにか手を打たないと、このまま続くかと」

「とはいえ、どうしたものかなあ……」

　ブリジット王女が迷うのもよくわかる。

　最近の帝国は、なぜか多くの人材が流出しているが、それでも巨大な力を持つ。

　なにせ、国土の広さからしてまるで違う。

　王国の約五十倍の国土を持ち、豊富な資源と人材を持つ。

　兵器の技術、魔法の技術も共に高い。その文明レベルは他国の十年先を行っていると言われていた。

　圧倒的な力を持つ帝国に対抗するため、フラウハイム王国を始めとする帝国に属さない国家は同盟を結んでいる。いざという時は帝国対多国家、という図式ができあがる。

　故に、そうそう簡単に開戦することはない。

　一応、今はそこそこ平穏な関係を築いているのだけど、だからこそ、それを崩すようなことはできない。

「おたくの皇女さんがちょっかいかけてきているから、やめてくださいね？　って文句を言うしかないかな」

「それは……正直、やめておいた方がいいかと」

「え？　どうして？」

「リシテアは、皇帝、皇妃から溺愛されているので」

リシテアは成人した皇女とはいえ、実際はまだ子供だ。笑顔で両親にわがままを言っていて、最強の権力を持つ皇帝と皇妃はそんな彼女を思い切り甘やかしていた。

故に、好き勝手に振る舞うことができる。なにをしても許されてしまう。

「皇帝と皇妃はとても有能な方だけど、娘のことになると、途端に目が曇ってしまいまして……抗議をしても、『うちの娘がそんなことをするわけがない！』と一蹴されてしまうでしょう。下手をしたら反感を買い、いらぬ火種になるかと」

「なんて親ばか……」

ブリジット王女はやれやれとため息をこぼす。

「子供が悪いことをしたら叱る。そんな当たり前のことができないなんて……私なんて、今までに何度、叱られたことか」

「なにかしたんですか？」

「えっと……習い事から逃げたり、つまみぐいをしたり、いたずらをしたり。って、私のことはいいの！　リシテアの対策を考えないと」

うーん、と二人で頭を悩ませる。

リシテアの無茶を止めたい。

でも、相手は巨大な力を持つ帝国皇帝の娘。下手に手を出せば火傷では済まないかもしれない。

「……今は同盟の結束を強化するしかないかな？」

「結束の強化……ですか」

「うん。みんなでがんばりましょうね、っていう感じで結束して、帝国に圧をかけるの。それと同時に、リシテアがこんなことをしていますよ、ってさりげなく暴露するの。抗議っていう形じゃなくて、自然と向こうに情報が届くようにね」

「なるほど。皇帝と皇妃はリシテアを溺愛しているけど、バカじゃない。娘の行動が帝国の不利益になりすぎると判断すれば、さすがに止める……というわけですね？」

「確実性のない、期待論だけどね。でも、今できることはこれくらいかな？」

ブリジット王女が言う通り、他に手はないだろう。

さすがに帝国と開戦するわけにはいかない。

「そんなわけで、隣のサンライズ王国を訪ねる準備をしてくれる？　同盟国の中で一番良い関係を築けているから、まずはそこと相談しようと思うの」

「かしこまりました。三時間で終わらせます」

「いやいや、そこまで急ぎじゃないから、超パワーで超速を発揮しなくてもいいからね？　いやまあ、アルム君なら、そんな無茶もできちゃうんだろうけどさ。無理はしなくていいよ」

「はい。では、ほどほどに急いで準備をします」

「ほどほどって、どれくらいかな？　アルム君だと怖いな……」

ブリジット王女とのやりとりの中で、ふと疑問に思う。

「しかし、ブリジット王女まで国を空けて大丈夫なんですか？」

「あ、そこは大丈夫だよ。もうすぐお父様が帰ってくるから」

「国王陛下が？　なるほど、それなら問題ありませんね」

「ただ……別の意味で問題が起きるかもしれないけどね」

ブリジット王女はそう言って苦笑するのだけど、この時、俺はその意味を理解することはできなかった。

後日、その苦笑の意味を理解するのだけど……いやもう、本当に大変だった。

～Another Side～

「また失敗……！」

失敗の報告が記された書類を見て、リシテアの機嫌が一気に急降下した。

フラウハイムの貴族と通じて、事件を起こさせることで王国の国力を低下させる。

そんな嫌がらせを企んでいたのだけど、今までと同じように失敗した。

リシテアは怒りの形相で扇を握りしめる。

「落ち着いて」

そんな彼女をなだめるのはライラだ。

公務の相談に乗ってもらっていたため、一緒にリシテアの執務室にいる。

「でも、ライラお姉様！　せっかくお姉様が考えてくれた策なのに、無能共のせいで……」

「大丈夫。今回の計画、失敗は想定内よ。むしろ、失敗することを前提に動いていたの」

「そう……なの？」

どうしてそんな計画を？

リシテアは不思議そうに小首を傾げた。

「今回の目的は、王国の国力低下がメインじゃないわ。もちろん、成功すればいいけれど、それとは別の目的があったの。カイド・ユーツネスルとコンタクトを取り、そこを起点として、王国内の様々な人脈と繋がることが目的だったのよ」

「えっ」

「今回の件で、王国内にさらに無数の味方を作ることに成功したわ。これで、もっと色々と動きやすくなるわ」

「すごいわ……さすが、ライラお姉様！　そんなことを考えていたなんて」

「ふふ」

ライラはにっこりと笑い……そんなわけないでしょう、と心の中で嘲笑う。

リシテアの無知、無能を笑う。

皇女の親戚という手前、リシテアの望みを叶えるように動いている。無茶なわがままを聞いて、王国にケンカを売るような真似も引き受けている。

ただ、リシテアが望むことをしているように見えて、実際は真逆のことをしていた。

フラウハイム王国の裏の人脈を構築したことは本当だ。

ただ、それは自分のためだ。

王国の情報を探り、帝国の情報を売り、恩を売る。そうして王国内部に味方を増やして、帝国の敵を作る……断じてリシテアのためではない。

一言で言うと、ライラは売国者だ。

帝国の血を引いているが、しかし、帝国のために尽くそうとは思っていない。

当たり前だ。

皇帝と皇妃は娘に甘く、好き放題にさせている。リシテアはその権力を当たり前のものと思い、民のために尽くそうとは欠片も考えていない。

帝国は今のところ、国としての形を保ち、栄華を極めているように見える。

しかし、スラムが拡大する、兵力が減少する、新しい技術が開発されることはない……などなど、衰退の影は見えていた。

それに、リシテアは気づかない。皇帝も皇妃も気づかない。

なんて愚かなのだろう。

ライラは、心底、帝国を軽蔑していた。

そして、上に立つ皇帝皇妃、リシテアも軽蔑していた。

同じ血が流れていると思うと恥ずかしい。今すぐに全身の血を抜いて、まったく別の血と入れ替えたいくらいだ。

アルムがいた頃は、この子なら帝国を変えてくれるかも、と期待したのだけれど……しかし、リシテアに追放されたという。

それがきっかけとなり、完全に見限ることにした。

独自の戦略を練り。他国とのパイプを強化して。帝国の力を削いで……ライラは反乱を企てていた。

「ライラお姉様がいれば、きっと帝国の将来は明るいわね！」

ライラの思惑を欠片も理解していない、気づいていないリシテアは呑気に笑う。

彼女がライラの裏切りを知れば、酷く悲しむだろう。涙を流して、絶望すら覚えるかもしれない。

でも、それがどうした？

リシテアはその権力を盾に好き放題やってきた。

彼女の非道な行いに涙した者は少なくない。というか、星の数ほどいる。

その報いを受ける時が来たのだ。

ライラは、心の中で冷たい笑みを浮かべていた。

「一緒にがんばりましょうね、ライラお姉様！」

「ええ、そうね」

ライラはにっこりと頷いて、適当に相槌を打ちつつ、次はアルムとコンタクトをとってみよう、と考える。

帝国の現体制を打ち崩す。

そんなライラの願いが叶えられる日は、そう遠くない。

10章 王の帰還

フラウハイム王国の謁見の間。

玉座に座るのは、ゴルドフィア・スタイン・フラウハイム。

フラウハイム王国のトップに立つ方だ。

手足は丸太のように太く、体は熊のように大きい。筋肉が服からあふれ出してしまいそうな屈強な体をしていた。

頬から目元にかけて大きな傷跡がある。国王というよりは、歴戦の冒険者と言った方がピッタリくる。

失礼な感想かもしれないが、もっと細い人を想像していた。

ゴルドフィア王は、長く続く王家の歴史の中で、特に優れた賢王と言われていた。

事実、彼の代で王国は大きな発展を遂げた。その大半がゴルドフィア王の知識によるものだ。

だからこそ、賢者や賢王というような風貌、容姿を想像していたのだけど……まさか真逆で来るなんて。

「お父様、お帰りなさい」

「うむ。長い間、国を空けていてすまなかったな。そして、うまくまとめてくれていたようだ。よくやった、ブリジットよ」

「ありがとうございます」

ブリジット王女も、ゴルドフィア王の前ではかしこまっていた。さすがに普段の調子でいるわけにはいかないのだろう。

プライベートな場ではわからないが。

「帝国の件など、すでに報告は受けている。サンライズ王国へ赴いてくれるか？」

「はい、おまかせください」

「うむ、期待しているぞ。それと……」

ゴルドフィア王の視線が、謁見の間の端で待機する俺に向けられた。

「聞けば、専属執事をつけたそうだな？」

「はい、紹介しますね。アルム、こちらへ」

「はっ」

前に出て、膝をついて頭を下げる。

「アルム・アステニアと申します」

「ふむ……お前がブリジットの専属執事か。色々な偉業を成し遂げたと聞いているが……そうだな、訓練場に移動しよう」

「はい」

なぜ？

と不思議に思ったものの、疑問や異論を唱えるわけにはいかない。

素直に頷いて、訓練場へ移動した。

その際、あちゃー、という感じでブリジット王女が頭を抱えているのが見えた。

なんだろう?

◇

「儂と試合をしようではないか」

「はい?」

訓練場で木剣を突きつけられて、さすがに今度は我慢できず、間の抜けた疑問の声をこぼしてしまった。

「えっと……申しわけありません。なぜそうなるか、理解できないのですが……私の理解力が低く、申しわけありません」

「……アルム君が理解力低いってことになったら、ほとんどの人は低くなっちゃうよ」

そんなブリジット王女の呟きが聞こえてきた。

「なに。貴様の噂はよく聞いている。とんでもない強さを誇るらしいではないか。なればこそ、剣を交えてみたい。そして……」

「そして?」

「娘の専属にふさわしいか、確かめさせてもらおうか」

それが本音か。

ならば、俺は受けて立たないといけない。

ブリジット王女の専属執事を続けるために。

「わかりました」

「うむ。話がわかるヤツは嫌いではないぞ」

「ああもう……お父様は、本当に脳筋なんだから……」

こうなるとわかっていたらしく、ブリジット王女はげんなりした様子だ。

もう止められないと理解しているらしく、おとなしく観戦席に移動した。

どこかで話を聞いたらしく、観戦席には他にも騎士達がいた。

「では、ゆくぞ」

「はい、胸をお借りいたします」

ゴルドフィア王がコインを放り……

「むぅんっ‼」

地面に落ちると同時に土を蹴る。

大きな穴を開けるような、強烈な踏ん張りで、その加速力は凄まじい。ゴルドフィア王が風のような突撃で、一瞬で目の前に迫る。

さらにその勢いを乗せた、重い重い斬撃を繰り出す。

ガァンッ‼

足と腰に力を入れて、真正面から斬撃を受け止めた。

互いの木剣が折れて、刃の先が宙を舞う。

「おい、嘘だろ……訓練用の剣はとにかく頑丈に作られていて、頑丈さだけなら普通の剣より上なのに……」

「互いに折れるとか、どんな力をしているんだ……？」

「というか、王の一撃を受け止めるとか、ありえないだろ。こんなこと言うのもなんだけど、王の力はとんでもなくて、岩も叩き斬るのに……」

「それを受け止めるなんて、アルムさんはやっぱりすごいな……俺には真似できない」

観戦する騎士達がざわついた。

ゴルドフィア王は感心した様子で、ゆっくりと構えを解く。

「なるほど。貴様は見事な剣士のようだ」

「いえ、執事です」

「ふむ？　まあ、どちらでもよい。その力、気に入ったぞ！　がははっ」

豪快に笑うゴルドフィア王は、バシバシと俺の背中を叩いた。

痛い。これ、マジで痛いぞ。

なんていう力だ。気軽なスキンシップなのだろうが、骨が折れてしまいそう。

「飲むぞ。儂の部屋へ来い」

「えっ、今からですか？」

「なにか問題が？」

「仕事が……」

「そのようなもの明日でよい」

「しかし、自分の一存では……」

「ブリジット、よいな⁉」

「はい、どうぞ」

ブリジット王女⁉

慌てて振り返ると、「ごめんね？」という感じで両手を合わせられてしまう。

『止めてください』

『無理』

『そこをなんとか』

『諦めて♪』

なんていうやりとりをアイコンタクトで交わした。

「なにをしている、いくぞ」

「えっと……かしこまりました」

これはもうどうしようもない。

諦めてゴルドフィア王についていくことにした。

王は私室に移動すると、さっそく酒を取り出してきた。

「酒は飲める方か？」

「ほどほどに」

酔いに対する訓練も行っていたため、泥酔することはない。

ただ、強い酒を飲めばほどほどに酔うこともある。ある程度のコントロールは可能だけど、完璧ではない。

無理をしないように気をつけて、それでいて、ほどほどに酔い、王の相手をうまく務めることにしよう。

「これは良い酒だぞ」

ゴルドフィア王は、直々に酒を注いでくれた。

良い匂いだ。きっと、とても上等な酒なのだろう。

心の安寧のために値段は聞かないでおいた。

「さて……わざわざ、こうして二人きりになったのは他でもない」

かしこまるゴルドフィア王を見て、やはりな、と思った。

なにか大事な話があるのだろう。

でなければ、ここまで強引に事を進めない。

「感謝する」

「えっ」

いきなり頭を下げられてしまい、驚いた。

次いで、慌てる。

「い、いきなりなにを……そのような真似、やめてください。誰かに見られたら……」

「儂は今、国王ではなくて一人の父親として感謝の念を伝えている」

「……」

「ブリジットを助けてくれてありがとう。支えてくれてありがとう。深く、深く感謝する」

こうして、個人で礼を伝えたくて……だから二人きりになったのか。王が執事に頭を下げるところなんて、誰にも見せられないからな。

ゴルドフィア王の統治者としての能力はまだわからない。でも、父親としては文句なしに合格だろう。

「それと、国のために色々と尽くしてくれたみたいだな。そちらについても感謝する」

「いえ。自分は王国にやってきて日が浅いですけど、でも、ここを新しい故郷だと思っています。なればこそ、故郷のために尽くすことは当たり前ですから」

「王国を故郷と言ってくれるか」

「ブリジット王女のおかげで、そう思うことができました」

彼女がいなければ、俺は今、ここにいない。生きているかどうかも怪しい。

それだけのことをしてもらった、という恩を感じていた。

そして、笑顔にあふれる優しい街の人々。彼らに受け入れてもらい、ますますここを故郷と思う気持ちが強くなった。

　みんなのおかげなのだ。

「ふむ……貴様がブリジットのために尽くすのは、恩を感じているからか？」

「それは……」

「他にも理由があるのではないか？」

「そうですね……恩はもちろん感じています。ですがそれだけではなくて、王女の人柄に惹かれているところはあります。彼女の笑顔を見たい、そのためにがんばりたいと……そのように思っています」

「ふむ」

　なぜかゴルドフィア王は深く考える。

　なにか答えを間違えたのだろうか？

「人柄に惹かれているというのは、ライクか？　それとも、ラブか？」

「えっ」

　突然、なにを言い出すのだろう？

　思わずマジマジと見返してしまうものの、ゴルドフィア王は至って真面目な顔だ。

「えっと……それは、どういう意味でしょうか？」

「そのままの意味だ。貴様は、ブリジットに恋心を抱いているのではないか？　だからこそ、娘のために尽くそうとするのではないか？」

「恋心、と言われましても……」

ブリジット王女のことは好きか？　嫌いか？

その二択で考えるのなら、間違いなく前者だ。

しかし、それが恋心に直結するかというと迷う。

恩を感じている。素敵な女性だとも思う。

だからといって、それを恋と決めつけていたら、世の中、恋する男女であふれかえっているだろう。

「正直、よくわからないのですが……」

「ふむ」

じっと見つめられた。

じーっと。

じぃぃぃっと。

「どうやら本心のようだな」

「はい」

「よかった。もしも恋と答えていたのならば、儂は貴様を殺さねばならぬところだった」

今、とても物騒なことを言われたような……？

「貴様は娘の恩人で、国に多大な貢献をしてくれている。しかし、それはそれ。これはこれ。ブリジットには結婚は元より、恋もまだまだ早い。娘をたぶらかすような者は、この儂の剣の錆にしてくれよう」

「はは……」

乾いた笑いしか出てこない。

この人、娘ばかだ。

かなり本気で言っているのがわかるから、とても困る。

というか、ブリジット王女も子供ではないのに。

彼女の恋人、あるいは婚約者になる人は大変だろうな。

「……？」

ブリジット王女の隣に立つ者を想像して……ふと、胸に小さな痛みが走った。

今のは、いったいなんだろう？

11章 第三王女

サンライズ王国を訪問するために、色々な準備を重ねていた。

持参する献上品や公式行事のためのブリジット王女の衣装の手配。護衛の選定。

それだけではなくて、サンライズ王国に訪問の打診をして日程を調整しなければならない。断られることはまずないと思うが、即日、許可が下りるということはない。

しばらく待たないとダメだ。

そうして、日々を準備に費やしていたのだけれど、そんなある日のこと、事件は起きた。

いや。

事件という物騒なものではなくて、出会い……だな。

◇

「ふむ」

隣国訪問に関係する各部署に足を運び、情報を共有して、色々な確認を進めていく。

そうして、ひとまずの作業が終わったところで、俺は足を止めた。

ここ最近、視線を感じる。

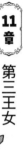

シャドウがたまに「構って構って」という視線を送ってくるものの、それとは違う。

たとえるなら子犬のような感じ。興味があるけど怖くて近づけない、というように、少し離れたところからじっと見られている。

特に害はなさそうだけど、このまま放置したら、それはそれで面倒なことになりそうだ。

俺は城の廊下の角を曲がり……そのまま先に進むフリをして、反転。尾行する者を誘い出すことにした。

「ふにゃ⁉」

振り返ると、ぽんという感じでなにかがぶつかる。

それと、可愛らしい声。

「あいたたた……」

見ると、小さな女の子が尻もちをついていた。

十歳前後だろうか？　体は小さく、顔はまだまだ幼い。

ただ、非常に愛らしい。子猫とか子犬とか、あるいはひよことか。そんなものを連想させるような可愛らしさがあり、庇護欲をそそられてしまう。

でも、それだけではない『なにか』を感じる。

そして、髪の色と瞳の色はブリジット王女と同じ。

「失礼しました。大丈夫ですか？」

「うん、大丈夫だよ。ありがとう」

手を差し出すと、女の子は笑顔を見せてくれた。

立ち上がり、ドレスについた汚れを手で払う。

「でも、いきなり反転するなんて危ないよ？　シロだったからよかったものの、他の人だったら怪我をしていたかも」

「申しわけありません。なにしろ、最近、何者かに尾行されて観察されていたので、そろそろハッキリさせておくべきと判断しまして」

「うっ」

「その者を誘い出そうとした結果です。ちなみに、誘い出されたのはあなたなのですが……」

「ううううっ」

女の子はダラダラと汗を流した。

ややあって、なぜかドヤ顔を決める。

「そうよ、よく見破ったわね！　あなたの後をつけていたのは、そう、このシロ様よ！」

第三王女。

シロ・スタイン・フライハイムは、胸を張り、そう言い放つ。

ブリジット王女は長女で、下に二人の妹がいると、以前、雑談の中で話を聞いた。

第二王女は変わり者らしく、城の奥に引きこもり人払いをしているため、未だ会うことは叶っていない。

そして第三王女はゴルドフィア王の外遊に同行していたらしく、やはり、今まで顔を合わせていない。

　そのうち挨拶を、と思っていたのだけど、まさか、こんな形で対面するとは。

「どうして、私をつけていたんですか？」

「あなたに興味があったの」

「自分に？」

「今まで専属執事をつけたことのないお姉様がいきなり専属をつけた。そしてその専属執事は、なんか、すごいことを連発しているみたい。そんな話を聞いたら、観察するしかないよ！」

　好奇心で俺に近づいてきたらしい。

「私は、観察するほど面白い人間ではありませんよ」

「そんなことないよ？　お兄ちゃんは、すごくすごく楽しいよ？　シロ、お兄ちゃんを観察して、すごく楽しかったもん」

「そうなのですか？　というか、ここ最近の視線は、シロ王女のものだったのですね」

「うん！　執事って聞いているけど、でも、どう考えても執事じゃできないようなことをやっているし。それが当たり前、って顔をしているし。う～ん……お兄ちゃんは、いったいどういう構造をしているのかな？　ねね、ちょっと切開して中を見てもいい？」

「ダメですよ」

　可愛らしい笑顔でなんて恐ろしいことを言うんだ、この王女様は。

　無邪気で元気。そして、興味のあるものに対してとことん一直線。

なんとなく、第三王女の性格が読めてきた。

「あ、いたいた。アルム君、この前の資料なんだけど……って、あれ？　シロちゃん？」

計ったようなタイミングでブリジット王女がやってきた。

俺と一緒にいるシロ王女を見て、小首を傾げる。

「シロちゃんと一緒だったんだ……って、ごめんね。そういえば、シロちゃんのことを紹介してなかったね。最近のアルム君は忙しいから、邪魔したらいけないかな、って後回しにしていたんだけど……」

「今、ご本人に自己紹介をしていただけました」

「ふふん！」

なぜかシロ王女がドヤ顔を決める。

いや、本当になぜだ？

この子、その場のノリで生きているのかもしれない。

「シロちゃん、アルム君に失礼をしていない？」

「していないよー。シロ、立派な淑女だもん」

「ふふ、そうだね。シロちゃんは立派な淑女だよねー、よしよし」

「にへー♪」

頭を撫でられて、シロ王女は嬉しそうに笑う。

姉のことが大好きで大好きで仕方ない、という感じだ。

そしてブリジット王女もまた、妹のことが可愛くて可愛くて仕方ないらしい。

二人を見れば、姉妹仲がとても良好なのがわかる。

「ねえねえ、お姉様」

「なぁに？」

「お兄ちゃんをシロにちょうだい？」

「えっと……」

予想外の発言に、ブリジット王女は困ったような顔に。

たぶん、俺も似たような顔をしていると思う。

「シロ、お兄ちゃんに興味があるの！　だから、お兄ちゃんが欲しいの。ダメ？」

「ええっと……」

ブリジット王女はものすごく困った顔に。

可愛い妹の頼みは聞いてあげたい。

でもさすがにそれは……と、どう返事をすればいいか悩んでいる様子だ。

「アルム君は私の専属だから……シロちゃんに取られちゃうと、お姉ちゃん、困っちゃうなー」

「むう……お姉様、困っちゃう？」

「うん、困っちゃう」

「そっか……なら、やめておくね」

シロ王女は、とても残念そうに言う。

そんな妹を見て、ブリジット王女は、ますます困った顔に。

考えて考えて……少しして、こちらを見た。

妹のわがままに付き合ってもらってもいい？　という感じだ。

頷き返すと、ブリジット王女はシロ王女に笑顔を見せる。

「じゃあ、今日一日だけ、っていうのはどうかな？　ずっとだとお姉ちゃん困っちゃうけど、今日一日くらいなら問題ないよ」

「ほんと⁉　いいの、お姉様⁉」

「もちろん」

「やったー、わーい♪」

ところどころ言動は大人っぽいところがあるものの、こうやって無邪気に喜ぶところは年相応だ。

ブリジット王女が可愛がるのも納得だった。

「じゃあじゃあ、お兄ちゃんは、今日、シロの専属ね！」

「はい、シロ王女」

「こっちに来て！　シロと一緒にお散歩するの！」

「かしこまりました」

後をついていこうとしたら、ブリジット王女に小声で呼び止められる。

「……ごめんね、アルム君。妹のわがままに付き合わせちゃって」

「……いえ、気にしないでください。これも執事の務めです」

「……シロちゃんはいい子だから、無茶は言わないと思うんだけど。もしも目に余るような言動をとったら、その時は容赦なく叱っていいからね」

「……さすがに、一介の執事が王族を叱るというのはちょっと」

「……だいじょーぶ。私が許可するよ」

「……かしこまりました」

「お兄ちゃん、早く早く！」

シロ王女に呼ばれ、俺は急いでその後を追いかけた。

◇

「えへへー、お兄ちゃんと一緒の散歩、楽しいね♪」

「光栄です」

「みんなシロに優しいけど、でも、ちょっと距離があるからつまらないの。でも、お兄ちゃんは近くにいてくれる！」

一緒に城内を散歩しているのだけど、ちょくちょく色々な質問をされていた。

あのお花の名前は？

どうして騎士は重い鎧を着ているの？

執事ってなにをしているの？

そんな質問に丁寧に答えていたら、すっかり懐かれてしまったみたいだ。

今では手を繋いでいる。

「んー……」

ふと、シロ王女がじっとこちらを見る。

「どうされましたか？」

「お兄ちゃん、なんでも知っているね」

「さすがになんでも、というわけにはいきませんが……ある程度ならば自信はあります」

「例えば、どんなこと？」

「限定されると困りますが……城の図書館にある情報なら、自由に引き出すことはできるかと」

「んゆ？　それ、どういうこと？」

「図書館の本に全て目を通して暗記をしたため、図書館の本に書かれていることなら答えることができます」

「……そんなこと、普通できないよ。お兄ちゃん、すごいのかおかしいのか、うーん、判断に迷っちゃう。ますます興味が。やっぱり解剖してもいい？」

「……それは勘弁してください」

この子の将来がちょっと心配になる。

「私からも質問をよろしいですか？」

「うん、どーぞー」

「シロ王女は、普段はなにをされているのですか？　私のことだけではなくて、シロ王女のことも教えていただけると嬉しいです」

「シロ？　シロは、魔法の研究や道具の開発をしているよ」

「え」

「新しい魔法とか、新しい魔導具とか。工作は得意なんだよ、えへん♪」

マジか？

魔法や魔導具の開発をしているとしたら、シロ王女はとんでもない天才ということになる。

まだ十歳と聞いているが、そんなことができるなんて。

シロ王女は、得意そうな顔をして、腰に下げたポーチから色々なものを取り出した。

「ほら、見て見て」

おもちゃの剣のようなもの。手の平サイズのカラフルなボール。同じく手の平サイズで、デフォルメされたクモの人形のようなもの。

「これは……？」

「えっとね、こう使うんだよ」

シロ王女は実際に道具を使ってみせる。

おもちゃの剣は、柄の部分にスイッチがあり、それを押すと先端からプラスドライバーが飛び出した。別のボタンを押すとマイナスドライバー。

他にも、栓抜きにハサミに缶切りにピンセットに爪切り……なんでもござれだ。

十徳ナイフに似ているが、機能は倍以上。ただ詰め込んだだけではなくて、使いやすさも計算されているみたいで、手にしっくりと馴染む。

「こっちのボールは、闘魂ボール！」

「とう……こん？」

「こう、ばしゅ！　って投げてぶつけると、相手の魔力を少しだけど回復することができるの」

すごい。

ただ、なぜぶつける必要が……？

「それで、クモさんポーチ。ねばねばの糸を出して、悪い人を捕まえたりできるよ」

「……少し試してみても？」

「うん、いいよ」

クモ型のポーチを受け取り、スイッチを押してみた。

すると、高速でクモの糸のようなものが射出されて、目標とした木の幹に絡みつく。

軽く触れてみると、長く糸を引く。かなりの粘着性があるみたいで、これで全身を絡め取られたら、自力の脱出はなかなか難しいだろう。

「お兄ちゃん、どう？　これ全部、シロが考えたんだよ！」

「……」

「お兄ちゃん？」

「失礼しました。すごいという感想しか思いつかず、驚いていました」

本当にすごい。

どれもファンシーな見た目ではあるものの、実用性はかなり高い。

仮にこれらを店で販売したら、たぶん、ベストセラー商品になるだろう。

それほどまでに優れていた。

「シロ王女はすごいですね」

「そうなんだよ、シロはすごいんだよ！」

と、ものすごく得意そうな顔に。

でも、そうやって誇るだけのことはしていた。

ブリジット王女は人の上に立つ器を持つ。

対するシロ王女は、新しいものを開発するなど、知識と発想力に優れている。

そしてゴルドフィア王は武力に特化していて……フラウハイム王国の王族は、なにかしら秀でたものを持っているのだろう。

「本当にすごいですね。まさか、それほどのことを成し遂げているなんて想像もしていませんでした。素晴らしいと思います」

「……お兄ちゃん、信じてくれるの？」

「え？」

「シロがこの話をすると、初めて会う人は、ぜんぜん信じてくれないよ？　貴族とか商人とか。すごいですね、って笑うけど、裏でシロのことを『嘘つき』って言っているの。そんなことができるわけがない、って信じてくれないの」

シロ王女は泣き出しそうな顔になっていた。

今まで心ない言葉に傷つけられていたのだろう。

「私は信じますよ」

「……あ……」

不敬と自覚しつつ、シロ王女の頭を撫でてしまう。

こうして彼女を褒めることが、今、なによりも大事に感じたから。

「他の誰がなんて言おうと、私はシロ王女のことを信じます。あなたはすごい人だ。本当にすごいと思います」

「……お兄ちゃん……」

「よくがんばりましたね」

「……うん！　えへへ、ありがとう」

シロ王女はにっこりと笑い、抱きついてきた。

家族を除いて、初めて褒められたのかもしれない。

その喜びは少し理解できた。

俺も執事の教育を受けていた時、子供だからと、周囲から認めてもらえないでいた。両親も厳しかったため、褒めてはくれなかった。

それから長い年月の後、ブリジット王女と出会い、俺の執事としての在り方を褒めていただいたのだけど……あの時はとても嬉しかったな。

「ねえねえ、お兄ちゃん。今度は城下町をお散歩したいな」

「城下町ですか？　少々お待ちください。申請してきますので」

「……」

「どうかしましたか？」

「えっと……いいの？　シロがこう言うと、いつも反対されるんだけど」

「シロ王女が望んでいることならば、無茶な内容でない限り、叶えたいと思います。今日は、自分がシロ王女の専属執事ですから」

「わぁ……！」

シロ王女は、キラキラと輝くような笑顔に。

とても嬉しそうだ。

うん。

仮の専属だとしても、彼女のためになにかしてあげたいと思う。

自然とやる気が出て、同時に、シロ王女と一緒に過ごすことが楽しくなる。

これがシロ王女の魅力なのかもしれない。

◇

申請は無事に通り、俺とシロ王女は城下町に出た。

いつものように街は賑わっていて、たくさんの人が歩いている。

「わわ、すごい人！」

「シロ王女は、あまり城下町に出られないのですか？」

ブリジット王女は、当たり前のように出ているのだけど。

「シロにはまだ早い、って、あまり許可をしてくれないの」

ゴルドフィア王の顔が思い浮かぶ。

王は娘ばかのようだから、必要以上に心配してしまうのだろう。

ただ、そんな親の気持ちをシロ王女は理解している様子で、多少の不満はあるものの、王に反発はしていない様子。

やはり賢い。

「すんすん」

ふと、シロ王女が鼻を鳴らした。

「なんかいい匂い……」

「広場の露店で売られているクレープですね」

「クレープ！」

シロ王女はキラキラ笑顔に。

やっぱり、女性は甘いものが好きなのだろう。

「食べますか？」

「いいの？」

「一つだけですよ。たくさん食べてしまうと、ごはんを食べられなくなってしまうので」

「うん！」

俺はシロ王女に甘いのかもしれない。

ただ、天真爛漫な彼女を見ていると、妹ができたような気分になって、ついついなんでもお願いを聞いてしまいたくなるんだよな。

「どうぞ」

クレープを購入して、シロ王女に渡した。

「わーい♪」

「オーソドックスないちごチョコレートにしましたが、問題ありませんか？」

「いちごもチョコレートも大好きだよ！　あむっ」

シロ王女はにこにこ笑顔でクレープを食べた。

笑顔がさらに輝く。

「んーーー♪　美味しい！」

「よかったです」

「お城でクレープを作ってもらうことがあるけど、街のクレープも美味しいね。毎日食べたいくらい」

「虫歯になってしまいますよ？」

「あう……い、いっぱい歯磨きする……」

虫歯になった経験があるらしく、シロ王女はぶるりと震えていた。

「……」

ふと、シロ王女はクレープを食べる手を止めた。

手元のクレープを見て、次いで俺を見る。

「どうかされました？」

「……お兄ちゃんも食べる？」

「え」

「シロだけ食べるなんてずるいよね。はい、お兄ちゃん。あーん」

「えっと……」

シロ王女は背伸びをして、俺の口元にクレープを差し出してきた。

食べる？　食べない？

迷うものの、主の好意を無下にしてはいけない。

俺は、少しかがんでクレープを一口食べた。

「どうどう？」

「はい、とても美味しいですね」

「だよね！　えへへ」

シロ王女はとても嬉しそうだ。

「美味しいものは誰かと分け合うと、いつもより美味しく感じるよね」

「ですね」

「それと……えへへ、かんせつちゅー、だね♪」

「ごほっ」

ついついむせてしまう。

最近の子供はませているな……というか、これが普通なのだろうか？

「んー、美味しい♪」

シロ王女は、残ったクレープを食べる。

関節キスなんてまるで気にしていない様子。この様子だと、知った言葉をただ使ってみたかっただけなのかもしれない。

いや。

でも、彼女はとても賢い。

理解した上の行動かもしれず……うーん。

女性というのは難しい。

「はむっ」

こちらの悩みなど気にした様子はなくて、シロ王女は、笑顔でクレープを食べるのだった。

◇

それから。

公園を歩いて。

そこで出会った街の人と話をして。

試作品の開発の参考にしたいと、魔導具専門の店を訪ねて。

シロ王女と二人で、色々なところを見て回る。

視察というよりは、ただの散歩だ。

ただ、これはこれでいいと思う。

シロ王女は、普段、あまりやってくることのない城下町に出て、人々と接することができる。

そして、本から得られる知識だけではなくて、人と触れ合うことで得られる心を手に入れることができる。

それはそれで、とても大事なものだ。

……なぜか兄のような目線になっているな。

執事として、でしゃばりすぎているかもしれない。

ただ、庇護欲が湧いてくるというか、自然とそう考えてしまうというか。

これもまた、シロ王女の魅力なのだろう。

年齢などは関係なくて。

ブリジット王女とは別の方向で、とても素敵な人だと、そう感じた。

「ねえねえ、お兄ちゃん。次はどこに行く？」

「そうですね……本当なら、もっと巡りたいところですが、もうすぐ陽が傾いてくるでしょう。そろそろ城に戻った方がよろしいかと」

「えー、残念……でも、仕方ないよね」

シロ王女はとても聞き分けがいい。

王女なので、そういうところはしっかりと教育されているのだろう。

それと、とても素直な心を持っている、というのもあるだろう。

「でも、どうして陽が暮れるってわかるの？」

「空を見て太陽の位置を確認すれば、だいたいの時間はわかりますよ。これも執事の嗜みです」

「……お姉様が言っていた、お兄ちゃんがちょっとおかしいっていう意味、少しわかったかも」

シロ王女までそんなことを言う。

解せぬ。


「きゃー!?」

突然、悲鳴が響いた。

反射的に振り返ると、転倒した女性。

それと、バッグを抱えて逃げる男の姿が見えた。

ひったくりだ。

「だ、誰か、その男を……！」

「むっ！」

「シロ王女⁉」

いきなりシロ王女が駆け出した。

驚く俺のことは気にせず、そのままひったくり犯の前に出る。

「とまりなさーい！」

シロ王女は両手を広げて、ひったくり犯の行く手を塞いだ。

「シロの目の前で、そんなことはさせないんだから！」

足は震えていた。

表情もこわばり、恐れを抱いていることがわかる。

でも。

シロ王女は退かない。逃がしてたまるものかと、ひったくり犯の行く手を塞いでいる。

その姿は、まさに王族にふさわしい。

「……さすがです」

感銘を受けつつ、俺も動いた。

即座にシロ王女の前に移動して、一緒に道を塞ぐ。

「失礼。こちらをお借りします」

「あ、お兄ちゃん？」

『クモさんポーチ』を拝借して、それをひったくり犯に向けて使う。

「うあ⁉　な、なんだこれ⁉」

白い糸が高速で射出されて、直撃。ひったくり犯は全身を絡め取られて、その場に転倒した。

必死にもがくものの、糸が切れる様子はなくて、ますます絡みついていく。

すごいな。

実際に使うと、これの性能の高さをさらに理解することができた。

本当に優れた品だ。

「あ、ありがとうございました！」

被害者の女性が駆けてきて、何度も頭を下げた。

バッグを返しつつ、同時に、シロ王女を彼女の前に移動させる。

「自分は、シロ王女の手伝いをしただけですので」

「シロ王女、って……ああ！　よく見ればシロ様！　まさか王女様に助けていただくなんて」

「えっと……シロのこと、知っているの？」

「ええ、もちろんです。ブリジット王女の妹君ですし……」

「……そうだよね。やっぱり、お姉様の妹だから、シロのことも……」

「それに、とても素晴らしい物を開発していると、そう聞いています」

「え」

シロ王女は驚きに目を大きくした。

俺も、少し驚いてしまう。

「私達の生活を豊かにしてくれる物の多くに、シロ王女が関わっていると。そう聞いています。本当に素敵な物ばかりで……いつもありがとうございます」

「えっ、えっと……し、知っていたの？　というか、信じる……？　シロ、まだ子供なのに……」

「子供だろうとなんだろうと、シロ王女が開発した物と聞いていますし、今の道具もそうなのでしょう？　私は信じますよ。それに、ここにいるみんなも……ねえ、そうでしょう？」

女性が周囲に問いかけると、一連の騒動を見ていた人達が頷く。

「ああ、俺も信じているぜ。っていうか、最初から疑ってなかったな」

「シロ王女が魔導具などの開発に関わる、っていう話が流れてきてから、明らかに道具の完成度が増したからな」

「いつも助けられています。ありがとうございます」

「あ、みんな……」

城内ではシロ王女の実力を知る者は少なかった。

ただ、街の人々にはきちんと伝わっていた。

彼女の功績が。そして、みんなのために、という優しい想いが。

しっかりと伝わっていたのだ。

「私なんかのために、申しわけありません……」

被害者の女性は、シロ王女に頭を下げた。

「お気持ちはとても嬉しいですが、あまり危ない真似はしないでください。もしもシロ王女になにかあったら……」

王族として、その立ち振る舞いはどうだろうか。疑問を呈する者はいるだろう。

ただ、その優しい心は皆に届いていた。

きっと、それが正解なのだろう。

「……シロのことを心配してくれて、ありがとう。でも、また同じことが起きたら、シロはまた同じことをすると思うの」

「そんな……」

「だってシロは、第三王女だもん！」

シロ王女は笑顔で、そして、誇らしげに言う。

「シロの発明品で、これからもみんなのためにがんばるの！」

そう言い切ると、

「『わぁああああーーーー‼』」


と、大歓声が響いた。

シロ王女は感動からなのか、ちょっと泣きそうだ。

でも笑顔を浮かべて、手を振り、皆の声に応えていた。

本当に素敵な王女だ。

もしも、ブリジット王女と出会う前にシロ王女と出会っていたら、彼女を主にしたいと思ったかもしれない。

「えへへ、みんな、ありがとう。シロ、もっともっとがんばるからね！」

シロ王女は可愛らしい笑顔を浮かべるのだった。

◇

「シロちゃん、無茶を言わなかった？」

翌日。

シロ王女の専属は昨日で終わり。今日からまた、ブリジット王女の専属執事に戻っていた。

そして、いつものようにブリジット王女の執務室で仕事をしていると、そんなことを聞かれた。

「いえ、大丈夫ですよ。こう言うのもなんですが、とてもいい子でした」

「よかった。シロちゃん、好きな人にはちょっとわがままになるから、そこを心配していたんだけど、特に問題はなかったみたいだね」

「えっと……その理屈だと、私が好かれること前提だったようですけど」

「当然だよ。アルム君が嫌われるなんて展開、ぜんぜん予想できないもの」

妙な信頼をされているのだけど、喜ぶべきなのかどうか。

「ただ、好きを超えて大好きになっちゃった場合、ちょっと困ったことになるかも」

「どういうことですか？」

「えっとね……」

ブリジット王女がなにか説明しようとしたところで、バンッ！　と勢いよく扉が開いた。

「いた！　お兄ちゃん、みっけ！」

「シロ王女？」

突然の来訪者はシロ王女だった。

にっこり笑顔になると、勢いよく俺に抱きついてくる。

「むっ」

ブリジット王女の目が鋭くなるけれど、子供のすることなので気にしないでほしい。

というか、嫉妬？

「ねえねえ、お兄ちゃんは仕事終わった？　終わったらシロと一緒に遊ぼう？　ね、ね？」

「えっと……」

「こーら」

「はふん」

猫にやるような感じで、ブリジット王女がシロ王女をつまみ上げた。

「アルム君はまだ仕事中なんだよ？　困らせたらダメ」

「あぅ……ごめんなさい。お兄ちゃんと一緒にいたくて、つい」

「まったく」

なんだかんだ、妹のことが可愛くて仕方ないらしく、ブリジット王女は強く言えない様子だ。

「お仕事が終わったら、三人で一緒にご飯を食べる？」

「食べる！」

「うん。なら、終わるまでおとなしく待っていることはできる？　それなら、ここにいてもいいから」

「おとなしく待っている！」

「よろしい。じゃあ、そこのソファーで本でも読んでいてね」

「はーい」

さすがブリジット王女だ。

強く言えないものの、シロ王女の扱いに慣れていて、きちんと言うことを聞かせていた。

「あ、そうだ！」

ソファーに向かうシロ王女は、途中でなにか思い出した様子で反転する。

「ねえねえ、お姉様。お兄ちゃんのことなんだけど……」

「専属に欲しい、とか言ってもダメだからね？　アルム君は私のもの」

「専属はいいの」

「あれ、そうなの？」

「それよりも、お兄ちゃんと結婚したい！」

「ごほっ⁉」

特大の爆弾発言に思わず咳き込んでしまう。

「……」

ブリジット王女が、ナニヲシタノ？　という感じで、光のない目でこちらを見る。

やめてください。その顔、ものすごく怖いです。

あと、俺はなにもしていません。

「えっと……シロ王女？　そのような冗談は……」

「冗談じゃないもん！　シロ、お兄ちゃんと結婚したい！　好き♪」

「アルム君？　ねえ、アルム君？」

やばい。

かつてないほどブリジット王女が恐ろしい。

大事な妹を奪われるかもしれないと、ものすごく怒っている。

いや。

これは、ただ単純な怒りだけではないような……？

でも、それ以外のものだとしたら、それはなんだ？　見当もつかない。

「こ、これは誤解です。俺は特になにもしていません」

「えー、昨日、あんなに優しくしてくれたのに。一緒に色々なところを散歩して、それと、クレープも一緒に食べて。それから、あんなことやあーんなことをして……お兄ちゃんを好きになった責任、取ってくれないと！」

「アルムクン？」

ブリジット王女の声のトーンがどんどん低くなっていく。

心なしか部屋が寒くなっているような……？

そんな時、扉が開いた。

姿を見せたのは……ゴルドフィア王だ。

このタイミングの登場。もしかして、もしかしなくても……

「アルムよ」

「は、はい……」

「貴様のことは信頼していたが、どうやらそれは間違いだったようだ。まさか、儂の可愛い可愛いシロにまで手を出すとは……！」

「やはりそういう展開になりますよね⁉」

運命の神様はとことん意地悪らしい。

あるいは、いたずら好きなのか。

どちらにしても、勘弁してほしい。

「んー？　お姉様もお父様も、どうしてそんなに怒っているの？　んんんぅー……？」

一人、状況をよく理解していない様子で、シロ王女は小首を傾げていた。

～Another Side～

シロの名前は、シロ・スタイン・フラウハイム。

フラウハイム王国の第三王女なんだよ、えっへん。

ブリジットお姉様は、『向日葵王女』って呼ばれている。

笑顔が夏の向日葵みたいに素敵だから。

うんうん、納得。確かに、お姉様の笑顔は素敵♪

……怒ると怖いけどね。

対するシロは、『苺王女』って呼ばれている。

可愛いから、という理由みたい。

うんうん、納得。確かにシロは可愛いからね♪

えっへん。

でも……本当はこの呼び名は好きじゃない。

可愛いって言われることは嬉しい。でも、同時に複雑な気持ちになっちゃう。

お前は可愛い。

でも、それだけ。他に取り柄なんてない。

……そんな風に聞こえてしまう。

シロは、ブリジットお姉様のようなカリスマ性はない。

でも、代わりに発明が得意だ。

新しい魔法を開発したり、魔導具を開発したり。日用品も作っている。王国に流通する半分くらいのものに私が関わっていて、それはシロの自慢であり誇りだ。

でも、信じてくれる人は少ない。

シロなんかにできるわけがない。可愛いだけが取り柄の平凡な王女にできるわけがない。

家族を除いて、誰も信じてくれない。酷い人になると、嘘をついている無能、と陰口を叩いている。貴族とか、特にそんな人が多い。

そんなある日、お兄ちゃんと出会った。

アルム・アステニア。

元帝国皇女の、そして今はブリジットお姉様の専属の執事。

ああ見えて、ブリジットお姉様はあまり人を信用していない。守るべき民には心からの笑顔を向けるものの、貴族に対してはそうはいかない。

一応、笑顔は忘れないものの、心の中では鋭い表情を浮かべている。

身近にいる人が裏切る。最初から敵だった、ということもある。

王族だからこそ、そういう経験をすることが多い。

だから、ブリジットお姉様は今まで専属執事をつけていない。もしかしたらその人も……と考えてしまうから。

それなのに、お兄ちゃんはいきなり専属になることができた。

どんな人だろう？

興味が湧いて、観察をして……ちょっとしたきっかけで、色々とお話をすることになった。

びっくりした。お兄ちゃんは、私の言うことを信じてくれた。

家族以外誰も信じてくれない話を、迷うことなく、すぐに、欠片も疑うことなく受け入れてくれた。

嬉しい。

嬉しい。

嬉しい。

心に花が咲いたみたい。背中に羽が生えて、どこまでも飛んでいけそうな気持ち。

たったの一言。

でも、私にとってはなによりも重く、深く、そして優しさにあふれた一言だった。

それに、一緒に街を散歩した時。

悪い人が現れた時、お兄ちゃんは、シロの発明品を使って捕まえてくれた。

あれはたぶん、シロのことをアピールしてくれたんだと思う。

その影響なのか、街の人はシロのことを褒めてくれて。みんな、いつもありがとう、って笑顔を向けてくれて。

すごく嬉しかった。

ちょっと泣いちゃいそうだった。

街の人達の気持ちはすごく嬉しい。

そして、それを知る機会を作ってくれたお兄ちゃんのことは……好きだ。


好き。

大好き。

愛している。


一瞬で心を奪われた。我慢できなくて、翌日、勢い余って告白して求婚した。

でも……うん、大丈夫。

お兄ちゃんはブリジットお姉様の専属だけど、王女と執事の関係。恋人とかじゃないから、私が求婚しても問題ないはず。

ただ……ブリジットお姉様は、やたら怖い顔をしていた。

あと、偶然、その場で話を聞いていたお父様も、やたら怖い顔をしていた。

なんで？

うーん……うーん？

よくわからない。

でもいいよね。大丈夫。

「ふふっ、絶対にお兄ちゃんと結婚するんだから♪」

待っていてね、お兄ちゃん。

絶対に逃してあげないんだから。

12章 密会と再会と

旅立ちを間近に控えた夜。

俺はベッドで寝るのではなくて、下町に出ていた。

遅い時間ではあるものの、酒場などはまだ営業していた。賑やかな声が聞こえてくる。

そのうちの一軒に入り、あらかじめ指定されていた個室に移動する。

そこで待っていたのは……

「こんばんは」

ライラ・アルフィネス・ベルグラード。

リシテアの親戚の女性の姿があった。

「久しぶりね、元気にしてた？」

「はい、特に問題はありません」

ライラはリシテアの遠縁にあたるものの、その性格はまるで違う。

彼女は皇族らしい皇族で、やや融通が利かないものの、とても真面目だ。ライラが継承権を持っていたら帝国は大きく変わっていただろう、と思う。

そんな彼女が、身分を隠してこのようなところまでやってきた理由は？

おそらくは、途中まで馬を使ったはず……とはいえ事故などに遭えば終わり。

そんな無理をしてまで、ここまでやってきた理由は？

あえて、こうして直接顔を合わせる理由は？

謎だらけで、ついつい警戒してしまう。

そんな俺を見て、ライラは苦笑した。

「そんなに身構えないで。あなたや、王国を害するつもりはないから」

「そう信じたいですが……」

帝国にいた頃、ライラは、唯一、俺に優しくしてくれた。

ただ、いくらか近寄りがたいところもあり、敵なのか味方なのか判断に迷う。

「リシテアから聞いていたけど、本当に王国に身を寄せているのね」

「そうですね。今は、王国が俺の新しい居場所です」

「……一応聞いておくけど、帝国に戻るつもりはない？」

ライラが手を差し出してきた。

「もちろん、リシテアのところへ、じゃないわ。私のところに来ない？」

「……」

「信じてもらえるかわからないけど、私は、アルムのことをとても高く買っているの。あなたがいれば、帝国を変えることができるはず。それだけの力を秘めているわ。私と一緒に帝国を変えましょう？」

彼女のまっすぐな目を見て、理解した。

たぶん……俺を騙そうとかそういうわけではなくて、本心から俺を必要としてくれているのだろう。帝国を変えるという言葉も本気だろう。

でも。

「申しわけありません」

俺は首を横に振る。

「私のこと、信用できない？」

「いいえ。あなたのことは信用できます。成し遂げられるかどうかは別としても、その言葉は本気なのでしょう」

「なら、どうして？」

「自分は、すでに仕えるべき主を見つけたので」

俺の主はブリジット王女だ。

彼女のために身も心も魂も尽くす。

それが執事たるもののやるべきこと。

「そっか、残念ね」

俺の答えを予想していたらしく、ライラの反応は落ち着いたものだ。

本当にリシテアと血が繋がっているのだろうか？

そんな疑問を抱いてしまう。

「なら、もう一つ。協力関係を結ばない？」

「協力関係？」

「私は、近々行動を起こすつもりよ。改革なんて生易しいものではなくて……革命を」

「……っ……」

「腐りきった帝国を、本来あるべき姿に戻すつもり。そのために色々と根回しをして……そして、大体の準備は終えたわ」

「あなたは……」

「帝国の血を引いているからこそ、現状を認めることはできないの。許すことはできないの」

ライラは革命家の顔をしていた。

必ず目的を成し遂げる。そのために、どんなこともしてみせる。結果、たとえ地獄に落ちようとしても歩みを止めることはない。

そんな鋼鉄のような決意を感じられた。

「あなたのために……王国のためにもなるはずよ」

「それは、どうして？」

「わかっているでしょう？　今の帝国は鎖から解き放たれた、乱暴な獣のようなもの。近づくものにはなんでも噛みついて、放っておいたら獲物を求めて暴れ回る。そうなる前に叩き潰すべきなのよ」

確かに、ライラの言う通りだ。

リシテアが国家運営に関わるようになって、帝国は暴走を始めている。

仮に、皇帝と皇妃が動いたとしても……やはり現状は変わらないだろう。

あの二人は娘に甘い。リシテアを溺愛しているため、彼女を諌めることは難しい。むしろ一緒に暴走する可能性が高い。

その時、フラウハイム王国が巻き込まれるかもしれない。

ブリジット王女だけじゃない。

頼りになる騎士達。素晴らしい能力を持つ王。天真爛漫なシロ王女。そして、優しい民達。

彼らを守りたい。戦火なんてものに巻き込みたくない。

ライラは手段を選んでいる様子はない。卑怯な手を使っている可能性は高い。

でも……

「自分の一存で決めることはできません。ただ……機会を見て、ブリジット王女に話をしておきましょう」

利用できるものはなんでも利用した方がいい。

そう判断した俺は、ライラの申し出をその場で突っぱねることはなく、前向きに検討することを約束した。

「ふふ、あなたならそう答えてくれると思っていたわ」

「自分は決定権を持っていない。あくまでも、ブリジット王女やゴルドフィア王が決めることです。ただ、二人はとてもまっすぐな人で、それこそ太陽のような人だ。帝国を変えるためなら、多少の無茶無理は許可するだろうけど、非道や外道に手を染めて巻き込むようなら……」

「わかっている。私も、彼らと同じレベルに堕ちるつもりはないわ。なんでもするつもりではいるけど、でも、人間を辞めるつもりはない」

「その言葉、信じています」


……後日。

機会を見てブリジット王女とゴルドフィア王にライラの話をした。

とても難しい顔をされたものの、最終的に手を組むことに。

こうして、サンライズ王国を訪問する前に、帝国の内部に協力者を得ることに成功するのだった。

どのような道を辿ることになるのか？

……今はまだ、なにもわからない。

エピローグ　あなたのために

その後、大きな問題が起きることはなくて。
準備も順調に進み。
サンライズ王国を訪問する前日になっていた。

「……」

夜。
なかなか眠ることができず、俺は、静かな城内を散歩していた。
明日からサンライズ王国を訪問して、結束の強化を促す。
王国の未来を左右するような、とても大きな外交だ。
執事である俺にできることなんてない。ないのだけど、緊張してしまう。
うまくいくだろうか？
話がこじれたりしないだろうか？
そもそも、帝国がちょっかいをかけてきたりしないだろうか？
考えればキリがない。
「ふぅ……情けないことに、けっこうな小心者だったみたいだな、俺は」

こんな姿、ブリジット王女には見せられないな。彼女も不安にさせてしまう。

執事らしく、堂々としていないと。

そのために、明日までに気持ちを落ち着けよう。

城の中庭に出た。

月夜を見上げて心を……

「あれ、アルム君？」

「……っ……」

突然の声に、びくりと肩が跳ねてしまう。

ゆっくり振り返ると、ブリジット王女の姿が。

なんていうタイミングで会うのだろうか？

俺は、やはり運命の女神に意地悪されているのかもしれない。

「こんばんは、ブリジット王女」

「うん、こんばんは。こんなところでどうしたの？」

「気まぐれで、夜の散歩を」

「そうなんだ。今日は綺麗な星空だから、いい散歩日和だよね」

ブリジット王女は自然と俺の隣に並ぶ。

一緒に散歩をするみたいだ。

断るのも変なので、そのまま足を進めていく。

「綺麗だね」

「はい」

夜空を見上げつつ、ゆっくりと歩く。

「こんな星空を見ていると、色々な諍《いさか》いがあるのがつまらなく思えてきちゃうね」

「それは……」

「帝国が……リシテアがなにを考えているか、それはよくわからないけど。でも、彼女もこんな風に星空を見ればいいのに。綺麗なものを見て、楽しめばいいのに。そうすればきっと、変なことは考えなくなると思うの」

「そうですね……そうあってほしいですが」

現実はうまくいかない。

リシテアは暴走を続けて、帝国は大きな脅威になりつつある。

いや。

すでになっているのだろう。

それに対抗するための手段は必要だ。

できる限りの策を講じておくことも、また必要だ。

「ままならないね」

「……ブリジット王女……」

「って、ごめんね。愚痴をこぼしちゃった」

「いえ、気にしないでください。私でよければ、いくらでも聞きますよ」

「ありがとう、アルム君」

ブリジット王女は、にっこりと笑い、

「でも、あまり弱いところは見せられないかな？」

すぐにさきほどの弱気を打ち消した。

「私は王女だから」

ブリジット王女は足を止めた。

でも、視線は星空に向けたまま。

ゆっくりと、静かに言葉を続ける。

「誰であろうと……私が世界で一番信頼している執事のアルム君だとしても、弱いところは見せられないの」

その言葉を寂しく思う。

だから、本来ならそのようなことをしてはいけないのだけど。重々承知しているのだけど。

あまりにも寂しいと感じたからなのか、自然と言葉が出てしまう。

「私は……いや。俺は、ブリジット王女の弱いところも見せてほしいです」

「アルム君……？」

「ブリジット王女は、とても強い人です。賢い人です。でも、完璧というわけではなくて……嫌味ではなくて、それは厳然とした事実です。この世界に、なんでもできる、なにも気にしない完壁な人なんていませんから」

「それは……」

「だから、弱いところがあるのは恥ずかしいことではありません。間違っていることでもありません。王族だとしても、それは変わりません。誰でも持っているものですから。それが、人の心だと、そう思っています」

俺は、なにを偉そうに語っているのだろう？

あっさりと追放された俺が、なにを語れるというのだろう？

それでも。

言葉は止まらない。

この胸の想いを伝えたいと。少しでも重荷を軽くしてあげたいと。

思ったまま、心を言葉にしていく。

「もちろん、ブリジット王女の責務やその重みは理解しているつもりです。いえ、したつもりになっているというか……十分の一も理解できていないでしょうが。それでも、だとしても……これだけは断言できます」

「……なに？」

「あなたは一人ではありません」

「……ぁ……」

ブリジット王女がこちらを見た。

目を大きくして驚いている。

なかなか見られない表情だ。

どこか嬉しくなるのを感じつつ、さらに言葉を重ねていく。

「微力ではあるものの、俺がいます。俺があなたを支えます」

「……アルム君……」

「だから……俺を頼りにしてください」

一礼して、

「……私が言いたいことは、それだけです」

俺は、いつもの姿に戻った。

今の言葉は、執事ではなくて、アルム・アステニアという個人の言葉だ。想いだ。

それを、どうしても伝えたかった。

あなたは一人ではないと、知ってほしかった。

「……」

ブリジット王女は沈黙を続ける。

俺の想いは届いただろうか？

それとも……

「うん……そうだね」

ややあって、ブリジット王女は笑みを浮かべた。

とても晴れやかな笑顔だ。

それは、俺達の頭上に広がる星空のよう。

「私、ちょっと傲慢になっていたのかも。なんでもかんでも一人でやっているつもりになって、一人で背負っているつもりになって。実際は、そんなことはないのにね」

「いえ、それは仕方ないかと。事実、ブリジット王女は多くの執務を抱えて……」

「ううん……それは、アルム君に助けられているから、なんとかなっているんだよ。アルム君だけじゃない。お父様にシロちゃん。引きこもりのあの子。城の皆、街の皆……うん。色々な人に助けられている。私は、それを忘れていたかな」

ちょっと落ち込んだ様子で、ブリジット王女は肩を落とす。

それからため息。

でも、弱々しいところはそこで終わり。

再び胸を張り、強く空を見上げた。

「これから先、うまくいくかどうか……それはわからない」

「はい」

「失敗するかもしれないし、どうしようもない事態に陥るかもしれない。それが、私のせいとか力不足とか、そういう原因で起きるかもしれない」

「はい」

「不安は尽きないよ」

弱気を語る。

でも、ブリジット王女の表情は温かいものだった。

絶望なんて欠片も感じず、希望があふれていた。

「でも、がんばるよ」

ブリジット王女は、夜空に向けて手を伸ばした。

そのまま星を摑むかのように手を握る。

「諦めたりしないで、いっぱい、たくさんがんばる。うん。今、そう決めた。絶対に、私らしさを忘れたりしないで、貫き通してみせるよ」

「はい」

「でも、一人はちょっと大変だから……」

ブリジット王女はこちらに視線を戻した。

その瞳に宿る感情は、どこか甘い感じがした。

「アルム君も、手伝ってもらっていいかな？」

「もちろんです」

即答以外ありえない。

彼女の前に膝をついて、頭を下げる。

「私は、ブリジット王女の執事です。あなたがいるからこそ、私は、ここに存在することができる……故に、全てを捧げましょう」

「全てって、どれくらい？」

「この体も心も魂も……全てです」

「半分でいいよ」

「え？」

「全部じゃなくて、半分でいいよ。その代わり、私も、半分あげるから」

「……ブリジット王女……」

「二人でがんばろう。がんばっていこう。私達が一緒なら、きっと、なんとかなるから。どんな時でもがんばれると思うから」

「……はい」

その言葉はとても優しくて、心に染み渡るようだ。

改めて誓おう。

俺は、ブリジット王女専属の執事だ。

彼女に絶対の忠誠を捧げて、全てを全力で駆け抜けていこう。

「アルム君」

「はい」

「これからも、私に仕えてくれる？」

「もちろんです」

「よかった。じゃあ、今後もよろしくね、私の執事さん♪」

ブリジット王女は、にっこりと太陽のように笑う。

その笑顔は、夜空で輝く月よりも綺麗で、星よりも明るくて……これからの未来を示しているかのように、とても温かいものだった。

novel スピラ

執事ですがなにか？
～幼馴染のパワハラ皇女と絶縁したら、隣国の向日葵王女に拾われたのでこの身を捧げます～

発行日 2025年4月17日　第1刷発行

著者　深山鈴

イラスト　くろでこ

キャラクター原案　あまね周

編集　濱中香織（株式会社imago）
装丁　しおざわりな（ムシカゴグラフィクス）
発行人　梅木読子
発行所　ファンギルド
〒160-0022 東京都新宿区新宿2-19-1ビッグス新宿ビル5F
TEL 050-3823-2233　https://funguild.jp/
発売元　日販アイ・ピー・エス株式会社
〒113-0034 東京都文京区湯島1-3-4
TEL 03-5802-1859 / FAX 03-5802-1891
https://www.nippan-ips.co.jp/
印刷所　中央精版印刷株式会社

ISBN 978-4-910617-33-6　Printed in Japan

著者：空松蓮司　　イラスト：桑島黎音

著者：夜分長文　イラスト：ゆーにっと